和歌を通して
鳥を愛でる
鳥を知って
和歌を味わう

万葉の鳥

山下景子

誠文堂新光社

目次

冬

はじめに

現存する最古の歌集である『万葉集』には、はっきりとわかっているだけでも、三十種近くの野鳥が詠われています。「多いなあ」と思われたでしょうか。それとも、「意外と少ない」と思われたでしょうか。

現在、日本で確認されている野鳥は、六百種以上にのぼります。とはいえ、当時は今ほど細かく分類されていたわけではありません。おそらく個体数の上では、たくさんの鳥が身の回りにいたのでしょう。それは、日常の思いを鳥に託したり、なぞらえたりしていることからも想像できます。

『万葉集』の歌のうち、年代がわかっている最も新しい歌は、七五九年の作だとか。今から千二百年以上も前の情景が詠み込まれているわけですね。

たとえば、和歌に詠まれた場所を訪ねて、歌の世界をしのぶということは、今でもよく行われていることです。昔とはすっかり変わってしまっていても、その地に立てば、感慨深いものがあります。その歌に対する思い入れも深まります。そして、その歌を詠んだ歌人とつながったような気さえしてきます。

うれしいことに、『万葉集』に登場する鳥はほとんど、今でもそのままの姿で見ることができるのです。実際に目にすれば、その土地を訪ねることと同様、あるいはそれ以上に、歌への理解や共感を深めることができるでしょう。鳥たちは、いにしえと現代とを結ぶ生きた架け橋でもあるのですね。

『万葉集』だけではなく、鳥は、花鳥風月という和歌の大きなテーマのひとつとして、その後も和歌に詠まれ続けました。本書では、その移り変わりがうかがえるように、『万葉集』以後の歌にも触れています。

今では環境が変わり、激減してしまった鳥もいます。

私たちが受け継いできた大切な架け橋を、いつまでも送り継いでいくためにも、まずは、歌人たちがどのように鳥を見つめてきたか、たどってみませんか。

なお、本書ではイラストを添えていますが、正確な姿は、図鑑や写真、動画などで確認していただければと思います。何より、探鳥会などに参加して、生きた野鳥に親しむきっかけになれば、こんなにうれしいことはありません。

◎季節分けについて

野鳥と季節には、深いかかわりがあります。ですが、この鳥は春、この鳥は夏、と単純に分けられるものでもありません。

それでも、和歌の世界では、四季にふり分けてとらえる試みがなされてきました。その延長線上にあるのが、歳時記です。本書でも、歳時記に従ってそれぞれの鳥を紹介することにしました。

歳時記の季節と、実際にその鳥が見やすい季節とは、必ずしも一致していません。また、『万葉集』では、季節にとらわれずに作られた歌も多く、歳時記の分類で紹介していくには無理があります。詠まれた季節と違う季節の章で、紹介することになった歌もあります。

それらをふまえた上で、歳時記の季節感もあわせて楽しんでいただければ幸いです。

※なお、本書のデータ、および分類は、2021年7月1日現在のものです。

本書で使用されている 鳥の用語解説

◆渡りに関する用語

よく「渡り鳥」といいますが、鳥の渡りには、さまざまなタイプがあります。出現する季節や行動によって、現在では、大きく五つに分けられています。

夏鳥（なつどり）　春から夏にかけて、南方から日本に渡ってきて繁殖し、秋になると南に移動して越冬する鳥

冬鳥（ふゆどり）　秋から冬にかけて、北方から日本に渡ってきて越冬し、春になると北に移動して繁殖する鳥

旅鳥（たびどり）　日本よりも北方で繁殖し、日本よりも南方で越冬する鳥で、春と秋の渡りの途中に、日本に立ち寄る鳥

漂鳥（ひょうちょう）　日本の中で、季節によって移動をする鳥

留鳥（りゅうちょう）　一年中同じ地域にいて、そこで繁殖もする鳥

◆鳴き声に関する用語

さえずり　主に繁殖期に発する特有の節回しの鳴き声

地鳴き　鳥が発するさえずり以外の声

聞きなし　鳥の鳴き声を、人の言葉に置き換えること

◎鳥の大きさについて

普通、鳥の大きさをあらわす場合は、「全長」を用います。「全長」は、鳥のくちばしの先から尾羽の先までの長さです。ただ、全長だけでは大きさがイメージしにくいので、本書では、身近な鳥を大きさの基準として、その鳥より大きいか小さいかを表記しました。

基準となる鳥のことを、「ものさし鳥」といいます。これらは昔から身近な鳥だったのではないかと思うのですが、『万葉集』に登場するのは、カラスだけです。

カラス（ハシブトガラス）
全長：約57㎝

◎絶滅危惧種について

現在、地球には絶滅の危機にさらされている生き物が多くいますが、鳥も例外ではありません。環境省が作成したレッドリストでは、絶滅のおそれの程度に応じて、次のように分類されています。

絶滅危惧Ⅰ類
絶滅の危機に瀕している種

絶滅危惧ⅠA類
ごく近い将来、野生での絶滅の危険性が極めて高いもの

絶滅危惧ⅠB類
ⅠA類ほどではないが、近い将来における野生での絶滅の危険性が高いもの

絶滅危惧Ⅱ類
絶滅の危険が増大している種

準絶滅危惧
現時点での絶滅危険度は小さいが、生息条件の変化によっては「絶滅危惧」に移行する可能性のある種

（環境省「レッドリスト2020」レッドリストのカテゴリー　より）

スズメ
全長：約14～15㎝

ムクドリ
全長：約24㎝

ハト（キジバト）
全長：約32～35㎝

本書について

歳時記に準じた季節の目安を入れています。

鳥名。古典に登場する名称を、現代の漢字表記とよみがなで示しています。

本文中では、正式な鳥名をカタカナで記しています。古典名や慣習的な呼び名は、漢字またはひらがなで示しています。

各鳥の冒頭ページでは、その鳥が登場する『万葉集』の歌とその現代語訳を紹介しています。

主な参考文献

『万葉集 全訳注原文付（1〜4）』中西進（講談社文庫）『新編 日本古典文学全集「萬葉集」』小島憲之・木下正俊・東野治之（小学館）『新編 日本古典文学全集（2）日本書紀』小島憲之ほか（小学館）『新編 日本古典文学全集（11）古今和歌集』小沢正夫・松田成穂（小学館）『新編 日本古典文学全集（12）竹取物語／伊勢物語／大和物語／平中物語』片桐洋一ほか（小学館）『新編 日本古典文学全集（13）土佐日記／蜻蛉日記』菊地靖彦ほか（小学館）『新編 日本古典文学全集（18）枕草子』松尾聰・永井和子（小学館）『新編 日本古典文学全集（43）新古今和歌集』峯村文人（小学館）『新編 日本古典文学全集（44）方丈記／徒然草／正法眼蔵随聞記／歎異抄』永積安明ほか（小学館）『新編 日本古典文学全集（45）平家物語』市古貞次（小学館）『新編 日本古典文学全集（48）中世日記紀行集』岩佐美代子ほか（小学館）『新編 日本古典文学全集（49）中世和歌集』井上宗雄（小学館）『新編 日本古典文学全集（87）歌論集』橋本不美男（小学館）『新潮日本古典集成・古今和歌集』奥村恆哉（新潮社）『新潮日本古典集成・山家集』後藤重郎（新潮社）『新潮日本古典集成・新古今和歌集（上・下）』久保田淳（新潮社）『和歌文学大系（7）続拾遺和歌集』小林一彦ほか（明治書院）『和歌文学大系（12）新続古今和歌集』村尾誠一ほか（明治書院）『和歌文学大系（49）正治二年院初度百首』久保田淳ほか（明治書院）『日本古典文学大系・古今著聞集』永積安明・島田勇

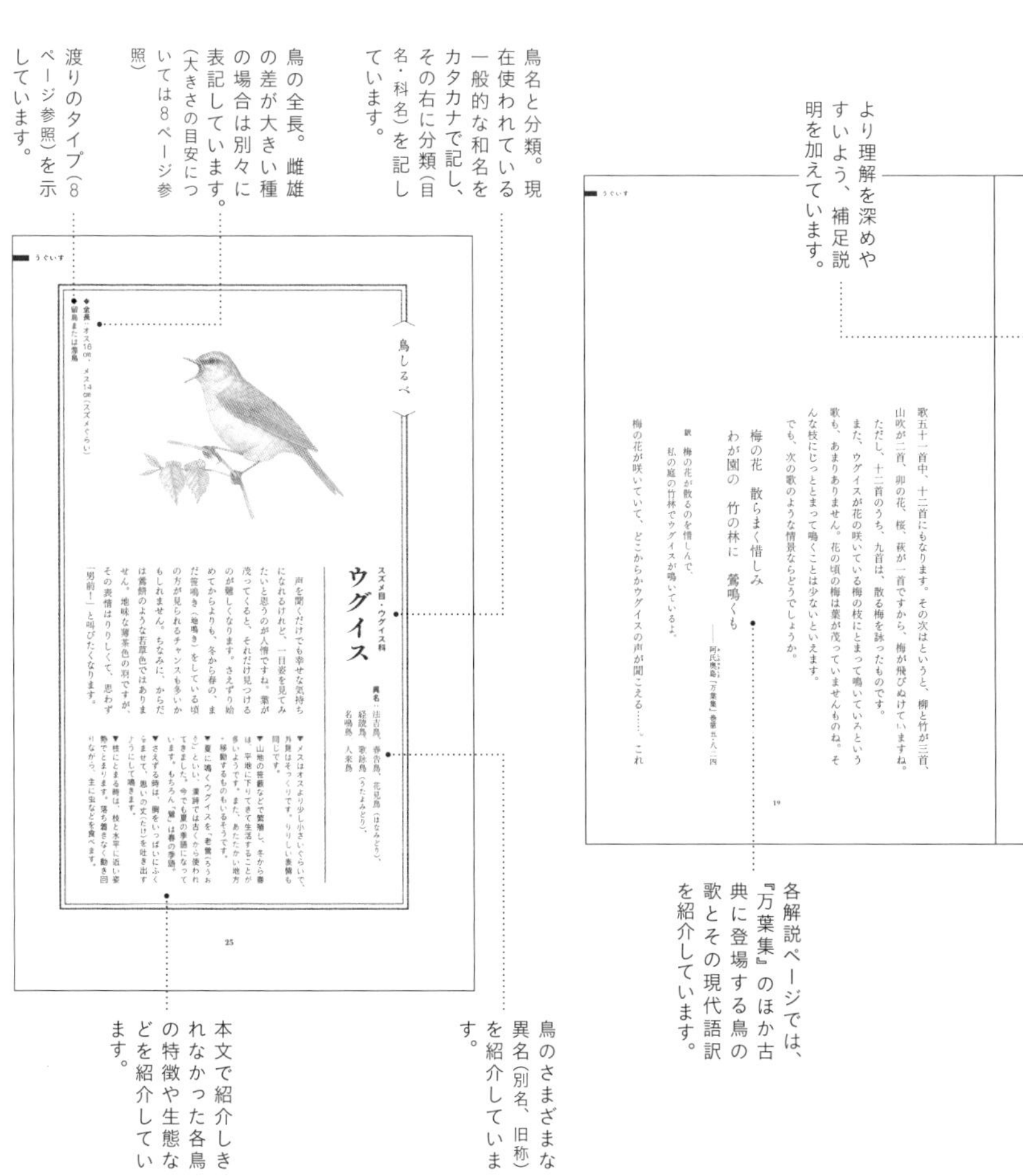

雄（岩波書店）『新日本古典文学大系・後撰和歌集』片桐洋一（岩波書店）『新日本古典文学大系・拾遺和歌集』小町谷照彦（岩波書店）『校註国歌大系（全28巻）』国民図書株式会社（講談社）『言語四種論・雅語音声考・希雅』鈴木朖（勉誠社）『日本うたことば表現辞典（動物編）』大岡信ほか（遊子館）『カラー図説 日本大歳時記（春・夏・秋・冬・新年）』水原秋櫻子・加藤楸邨・山本健吉ほか（講談社）『風雅和歌集』次田香澄・岩佐美代子ほか（三弥井書店）『本草綱目啓蒙』木村陽二郎（平凡社）『本朝食鑑（2、3）』島田勇雄（平凡社）『大和本草』白井光太郎ほか（有明書房）『和漢三才図会（6）』寺島良安ほか（平凡社）『江戸科学古典叢書 博物学短篇集（上巻）』青木国夫ほか（恒和出版）『続古今和歌集全注釈』木船重昭（大学堂書店）『定本・野鳥記』中西悟堂（春秋社）『フィールド図鑑 日本の野鳥 第2版』叶内拓哉ほか（文一総合出版）『新版 日本の野鳥』叶内拓哉ほか（山と渓谷社）『日本の野鳥590』大西敏一ほか（平凡社）『鳥の名前』大橋弘一（東京書籍）『野山の鳥（名前といわれ 日本の野鳥図鑑）』国松俊英ほか（偕成社）『水辺の鳥（名前といわれ 日本の野鳥図鑑）』国松俊英ほか（偕成社）『語源辞典 動物編』吉田金彦（東京堂出版）『鳥の手帖』浦本昌紀（小学館）『原色日本野鳥生態図鑑（陸鳥編／水鳥編）』中村登流・中村雅彦（保育社）『バードリサーチ生態図鑑』特定非営利活動法人バードリサーチ／編（バードリサーチ）『日本国語大辞典 第2版』（小学館）『日本大百科全書：ニッポニカ』（小学館）

春

春は鳥たちの求愛の季節。
にぎやかなさえずりに
春の訪れを感じるのは、今も昔も同じです。
歳時記では、早春に求愛行動が目立つ鳥が、
春の季語になっているようです。
また、夏鳥の代表であるツバメも春の季語。
『万葉集』には、その中の五種が登場します。

鶯

【うぐいす】

春になったら、
まず聞きたいウグイスの声。
いかにも春を謳歌して
いるように聞こえますね。
これはオスのラブソング。
枝の間を動きまわりながら
さえずります。

春されば　妻を求むと
うぐひすの
木末を伝ひ　鳴きつつもとな

——作者未詳『万葉集』巻第十・一八二六

◇◇◇◇◇◇◇◇◇◇◇◇◇

訳
春になると、妻を求めてウグイスが、
梢を伝って、なんともしきりに
鳴いているなあ。

ウグイスは恋多き鳥？

高らかに響くウグイスの初音（はつね）を聞くと、春がきたことを実感させてくれます。その思いは、万葉以来、ずっと変わらないものでした。「春告鳥（はるつげどり）」という異名も、鎌倉時代には使われていたようです。

そんなウグイスのさえずりは、オスの求愛やなわばり宣言の声。「妻を求む」と聞いた万葉人のご推察どおりというわけですね。

ウグイスのさえずりを知らないという人は、ほとんどいないのではないでしょうか。ただし、見たことのある人となると、その数はぐっと減ることでしょう。

でも、冒頭の歌の作者は、きっと見ていたのだと思います。枝の間を伝うように移動しながらさえずっている様子が目に浮かびませんか。

最後の「もとな」は、しきりにとか、むやみにといった意味があります。ウグイスは最も多い時で、一日に二千回以上もさえずるというのですから、そう思うのも無理はありません。

じつは、ウグイスは一夫一婦制ではないそうです。巣作りから子育てまで、すべてメスだけで行います。必然的に、天敵に襲われたりして失敗する確率も高くなるわけです。そこで、少しでも子孫を残すために、一夫多妻の形をとっているのだといいます。

高らかなさえずりは、一羽のメスに向けられたものではないのですね。ウグイスは、いわば恋多き鳥といえるのかもしれません。

繁みの中を飛びくぐるウグイス

『万葉集』を代表する歌人である大伴家持（おおとものやかもち）は、たくさんの鳥の歌を残しています。もちろん、ウグイスの歌も十首以上あります。たとえば、

山吹の　繁み飛び潜（く）く
うぐひすの　声を聞くらむ　君はともしも

——大伴家持『万葉集』巻第十七・三九七一

1 春に葉を茂らせ、晩春の頃、黄色の花を咲かせる低木。

訳 山吹[1]の繁みを飛びくぐるウグイスの声を聞いているとは、あなたがうらやましいなあ。

それにしても、この歌の「繁み飛び潜く」という表現ほど、ウグイスの動きをよくあらわしているものはありません。

ウグイスは、藪の中を好み、生い茂った葉をくぐるように飛び移っていくのです。それも、かなり素早い動きです。だからこそ、見えた時のうれしさは格別。少し離れたところでじっと、声が聞こえる繁みを見ていると、中でちらちらと動いている鳥影がわかる時があります。

家持もこんなふうにして、ウグイスを見たのでしょうか。そう思うと、いっそう親しみが湧いてきます。

「梅に鶯」は漢詩の影響

「梅に鶯」の取り合わせは、万葉の頃からうかがえます。

ウグイスといっしょに詠まれた植物で、一番多いのは梅。ウグイスの歌五十一首中、十二首にもなります。その次はというと、柳と竹が三首、山吹が二首、卯の花、桜、萩が一首ですから、梅が飛びぬけていますね。ただし、十二首のうち、九首は、散る梅を詠ったものです。
また、ウグイスが花の咲いている梅の枝にとまって鳴いているという歌も、あまりありません。花の頃の梅は葉が茂っていませんものね。そんな枝にじっととまって鳴くことは少ないといえます。
でも、次の歌のような情景ならどうでしょうか。

梅の花　散らまく惜しみ
わが園の　竹の林に　鶯鳴くも

――阿氏奥島(あしのおきしま)『万葉集』巻第五・八二四

訳　梅の花が散るのを惜しんで、
私の庭の竹林でウグイスが鳴いているよ。

梅の花が咲いていて、どこからかウグイスの声が聞こえる……。これなら思い当たりませんか。『万葉集』の歌に詠まれた植物の中で、萩に次いで二番目に多いのが梅です。梅はもともと日本に自生していた植物ではありません。奈良時代以前に、中国から伝来したといわれます。当時の人々は、大陸の文化を取り入れようと懸命でした。漢詩によく出てくる梅の花を、競うように詠ったのでしょう。

漢詩には「鶯」という鳥も登場します。その鳥は、春の鳥として詠まれていました。そんな鶯に、日本人はウグイスを当てはめたのです。

本家の「鶯」は、姿も声も、ウグイスとは似ても似つかない鳥です。この「鶯」には、現在、コウライウグイス（高麗鶯）[2]という和名がつけられています。

2 ウグイスよりもずっと大きく、色は黄色。目のまわりや羽の一部が黒く、くちばしは赤。日本ではめったに見られない。

名前の由来は鳴き声から

ホーホケキョ。今では誰もが、ウグイスのさえずりをこう聞きますね。ですがこれは、江戸時代に「法、法華経」と聞きなされたものです。

そこからウグイスは、「経読鳥（きょうよみどり）」とも呼ばれました。

では、万葉人はどう聞いたのでしょう。

それはわかりませんが、『出雲風土記』[3]には、「法吉鳥（ほおきどり）」という名前も見えます。「ほほき」は、鳴き声からきているということですから、「ホーホケキョ」とそれほど変わらないのかもしれません。

ですが、そのあとの『古今和歌集』[4]に、「うぐひす」という題がついた歌があります。

心から　花のしづくに　そほちつつ
憂（う）く干（ひ）ずとのみ　鳥の鳴くらむ

——藤原敏行（ふじわらのとしゆき）『古今和歌集』巻第十・四二二

訳　自ら好んで花の雫に濡れているのに、
どうして「うくひす」と鳴いて、
「羽がちっとも乾かなくてつらい」といっているのだろうか。

3　奈良時代、官命によって出雲地方の産物、地名、伝説などを記した地誌。

4　平安時代初期に編纂（へんさん）された最初の勅撰和歌集（ちょくせんわかしゅう）。勅撰和歌集は、天皇、または上皇の命令で編纂された公的な和歌集のこと。

つまり、ウグイスのさえずりを、「うくひす」と聞いているのです。

江戸時代に書かれた『雅語音声考（がごおんじょうこう）』[5]によると、「ウグイス」の語源は、「ウヽウクヒ」という鳴き声に、鳥をあらわす語尾「ス」がついたものだとされています。また、文献上の初出は江戸時代ですが、「名鳴鳥（なをなくとり）」という異名もあったようです。

みなさんには、「ウーウグイ」と聞こえるでしょうか。

春以外でも鳴くウグイス

『古今和歌集』には、こんな歌もあります。

梅の花　見にこそ来つれ
鶯の　ひとくひとくと　厭（いと）ひしもをる

——よみ人しらず『古今和歌集』巻第十九・一〇一一

訳　梅の花を見に来ただけなのに、ウグイスが

5　江戸時代末期（一八一六年刊）、国学者・鈴木朖（すずきあきら）によって書かれた語学書。

「人が来た、人が来た」と嫌がっているよ。

「ケキョケキョケキョ……」と響く優雅な声は、「谷渡り」[6]とも呼ばれます。これが続くと、だんだんテンポが落ちて、「ヒ、ト、ク、ヒ、ト、ク……」となる時があります。作者は、この声を聞いたのでしょう。

この歌から、のちには「人来鳥（ひとくどり）」という異名もつきます。

じつは「谷渡り」は、ウグイスが主に警戒する時の声。平安の歌人が嫌がっていると感じたのは、正解だったようですね。

ところで、ウグイスは春しか鳴かないと思われている人もいるかもしれません。ですがその声は、山地に行けば、夏でも聞かれます。

ただし、一年中恋をしているわけではありません。繁殖期[7]を過ぎるとさえずらなくなります。そして、低地に下りてきて、春まで過ごすのです。

この時期は、「チャッ、チャッ、チャッ、チャッ」と、結構大きな声

6 ウグイスが谷から谷へと渡りながら鳴いているように聞かれたことから、名づけられたといわれる。

7 ウグイスの繁殖期は春から夏にかけて。

で地鳴き[8]をしています。これは雌雄、どちらもが出す声です。
とはいえ、やはりあのさえずりほど魅力的な声はありません。鳥好きの家持は、こんな歌も詠んでいます。

あらたまの　年行き反り(かへ)　春立たば
まづ我がやどに　うぐひすは鳴け

——大伴家持『万葉集』巻第二十・四四九〇

訳　年が改まって春になったら、
真っ先に私の家の庭で、ウグイスよ、鳴いておくれ。

8　江戸時代には、「笹鳴き」と呼ばれるようになった。冬の季語。

鳥しるべ

◆**全長**：オス16㎝、メス14㎝（スズメぐらい）
◆留鳥または漂鳥

スズメ目・ウグイス科

ウグイス

異名：法吉鳥、春告鳥、花見鳥（はなみどり）、経読鳥、歌詠鳥（うたよみどり）、名鳴鳥、人来鳥

声を聞くだけでも幸せな気持ちになれるけれど、一目姿を見てみたいと思うのが人情ですね。葉が茂ってくると、それだけ見つけるのが難しくなります。さえずり始めてからよりも、冬から春の、まだ笹鳴き（地鳴き）をしている頃の方が見られるチャンスも多いかもしれません。ちなみに、からだは鶯餅のような若草色ではありません。地味な薄茶色の羽ですが、その表情はりりしくて、思わず「男前！」と叫びたくなります。

▼メスはオスより少し小さいぐらいで、外見はそっくりです。りりしい表情も同じです。

▼山地の笹藪などで繁殖し、冬から春は、平地に下りてきて生活することが多いようです。また、あたたかい地方へ移動するものもいるそうです。

▼夏に鳴くウグイスを「老鶯（ろうおう）」といい、漢詩では古くから使われてきました。今でも夏の季語になっています。もちろん「鶯」は春の季語。

▼さえずる時は、胸をいっぱいにふくらませて、思いの丈（たけ）を吐き出すようにして鳴きます。

▼枝にとまる時は、枝と水平に近い姿勢でとまります。落ち着きなく動き回りながら、主に虫などを食べます。

雲雀【ひばり】

にぎやかにさえずりながら、
晴れた空高く
舞い上がっていくヒバリ。
のどかな春の一場面です。
普通なら、心をうきうきと
させてくれる声ですね。

うらうらに
照れる春日(はるひ)に　ひばり上がり
心悲しも　ひとりし思へば

——大伴家持『万葉集』巻第十九・四二九二

◇◇◇◇◇◇◇◇◇◇◇◇◇

訳　うららかに日が照っている春の日に、ヒバリが舞い上がって、でも心は悲しいよ。ひとりで物思いをしていると。

舞い上がりながら鳴くヒバリ

現在の平城宮跡は、ヒバリたちの楽園です。春の晴れた日に散策すれば、「ピーチクパーチク」を早送りしたような声が、ひっきりなしに聞こえてくるでしょう。

見上げると、小さな鳥が空中にとどまって、羽ばたきながら鳴いています。そのままどんどん高くのぼっていって、大空の一点のようになってしまいました。それでも声はよく聞こえます。まるで光のおしゃべりのようなヒバリのさえずり。たとえひとりでいても、楽しい気分にさせてくれます。

なのに、悲しい気持ちになるなんて……。家持は、よほど落ち込んでいたのでしょうね。

ヒバリもまた、春の象徴です。夏でもさえずりますが、やはり春を感じさせてくれる声といえるでしょう。

ところで、『万葉集』に詠まれたヒバリの歌は三首。意外と少ないと思いませんか。

これらはすべて、「上がる」ヒバリを詠っています。ヒバリは、地上でもよく鳴きますが、空高くホバリングをしながら鳴く姿は、ヒバリならではです。のちに、「揚げ雲雀（あげひばり）」と呼ばれるようになりました。

その後もヒバリが歌に詠まれることは多くはありませんでした。それでも、少しずつ、揚げ雲雀以外の様子が詠まれるようになります。

高く舞い上がったヒバリは、急降下して地面に降り立ちます。それが「落ち雲雀」。ところが、降りた位置をしっかり見ていても、姿を見失ってしまうのです。

かすみつる　空こそあらめ
草の原　おちてもみえぬ　夕雲雀かな

——冷泉為尹（れいぜいためまさ）『新続古今和歌集（しんしょくこきんわかしゅう）』[1]巻第二・一八二

1 室町時代に編纂された二十一番目の勅撰和歌集。これが最後の勅撰和歌集になった。

訳　すっかりかすんだ空だからなあ、
　草原に落ちても見えない夕方のヒバリよ。

いえいえ、かすんだ空のせいでも、夕暮れのせいでもありません。ヒバリは地面と似たような色をしているのです。

江戸時代は、やせて骨ばった男の人を「雲雀親父（ひばりおやじ）」といいました。ヒバリがそれほどやせているとは思えないのですが、目のまわりや頬がこけたように見えるからでしょうか。それとも、足が長めで細く見えるからでしょうか。そういえば、オスは頭の毛をたてていることが多くて、どことなく飄々（ひょうひょう）とした風貌です。

そんなヒバリの巣は、危険がいっぱいの地面の上。揚げ雲雀は、空から必死で巣を守ろうとしているオスの姿だったのです。雲雀親父、天晴（あっぱ）れですね。

◆**全長**：17cm（スズメより少し大きい）
◆留鳥または漂鳥

スズメ目・ヒバリ科

ヒバリ

異名：姫雛鳥（ひめひなどり）、楽天（らくてん）

丈の低い草原や畑地などで暮らしています。繁殖期なら、にぎやかにさえずっているので、いることはすぐにわかるでしょう。

柵（さく）などにとまってさえずることもあるので、鳴き声をたよりに探すと、頭の毛（冠羽）をたてたひょうきんな顔を見ることができるかもしれません。

それ以外の時期は、地鳴きをしていてもわかりにくいのですが、時々、道などを歩いています。

▼「ひばり」の語源は、鳴き声からきているといわれます。古代の「h」の発音は「f」だったので、「フィファ（ピバ）リ」のような感じで聞いたのでしょう。

▼昔話では借金の催促のために空でさえずっていることになっていて、「日一分（ひぃちぶ）、日一分、利取（りと）る、利取る」「銭くり、銭くり」などと聞きなされました。

▼空から降りる時は、直接巣のある場所に行かず、少し離れた場所から歩いていくのですが、すぐにどこにいるのかわからなくなってしまいます。

▼スズメに似た色合いをしていますが、スズメの歩き方は、両足そろえてピョンピョン進むホッピング、ヒバリは足を交互に出して進むウォーキングです。

燕【つばめ】

雁が帰っていく春は、ツバメが渡ってくる季節。今も変わらないツバメとの再会を喜びたいですね。

燕来る　時になりぬと
雁がねは　国偲ひつつ
雲隠り鳴く

――大伴家持『万葉集』巻第十九・四一四四

訳　ツバメが来る時になったよと、雁が、故郷をしのんでは、雲に隠れて鳴いているよ。

あまり歌に詠まれなかったツバメ

ツバメは、私たちにとって、大変身近な鳥ですね。春になって、日本に渡ってくると、「おかえりなさい」という気持ちになりませんか。

ところが、『万葉集』には、この一首しか詠まれていません。しかも、この歌の主役は雁（１００ページ）。どういうわけか、ツバメは万葉人の歌心をそそらなかったようなのです。

『万葉集』だけでなく、その後も、あまり歌には詠まれませんでした。

ツバメを見かけなかったというわけではないと思います。平安時代前期の『竹取物語』[1]には、大炊寮（おおいづかさ）[2]の束柱（つかばしら）[3]の穴ごとに巣を作っていると書かれているのですから。

ただし、和歌は一首だけですが、『万葉集』には、もう一箇所ツバメが登場します。巻第十七の大伴家持の短歌二首（三九七六、三九七七）の前に添えられている漢詩に出てくるのです。

1 平安時代前期の物語。『竹取の翁（おきな）の物語』『かぐや姫の物語』ともいう。

2 諸国から集まる米などを分配する役所。「おおいりょう」「おおいのつかさ」とも。

3 梁（はり）の上などの短い柱。

ツバメの部分だけを読み下し文にして抜き出すと、

来燕（らいえん）は泥（ひぢ）を銜（ふふ）みて宇（いへ）を賀（ほ）きて入り、
帰鴻（きこう）は蘆（あし）を引きて迥（はる）かに瀛（おき）に赴く

口訳すると、「飛来したツバメは泥を口に含んで祝福しながら家に入り、帰る雁は蘆をくわえて遠く沖の方へ行く」となります。

ツバメが泥を口に含んで家に入ってくるのは、自分たちの巣を作るため。それを、祝いに来てくれたと感じているのです。ツバメが歓迎されていた証拠ですね。

ツバメは栄えている家に巣をかける？

なんといっても、私たちがツバメに親しみを感じるのは、子育てをする姿です。大きな口をあけて鳴くひなたちに、何度も何度もえさを運ぶ親鳥。「梁（うつばり）[4]の燕」ということわざもあって、親の愛情が深いことのたとえに使われます。

4 梁（はり）のこと。柱と柱の上に渡して屋根を支える横木。昔は家の中の梁にツバメがよく巣を作って子育てをした。

もしかしたら、宮廷を中心とした万葉から中世の歌人たちは、乳母に子どもを育ててもらうしきたりだったので、共感を覚えなかったのかもしれません。とはいえ『万葉集』には、庶民たちの歌も多いので、彼らが歌にとりあげなかったのは、不思議です。

「燕が巣を作る家は栄える」という言い伝えがあります。ツバメは、カラスやヘビ、ネコなどの天敵からひなを守るために、人の出入りが多い場所に巣を作るのです。本当は、栄えている家に巣を作るという方が正しいのでしょう。とすると、当時の庶民たちの家には巣をかけなかったのでしょうか。

ツバメが盛んに歌や句に詠まれるようになるのは、江戸時代になってから。

燕(つばくらめ)　親待ちかねて　並べれば
われも遅しと　見る軒端(のきば)哉

——大隈言道(おおくまことみち)『草径集(そうけいしゅう)』[5] 下之巻・七五三

5 江戸時代後期の歌人・大隈言道の歌集。

訳　ツバメのひなが親を待ちかねて並んでいるので、
私も、戻ってくるのが遅いなあと思って軒端を見るよ。

「つばくらめ」は、ツバメの古語。これが縮まってツバメになったといわれます。長い間、ツバメと併用されてきました。「め」は、スズメやカモメなどと同じように、群れる鳥をあらわす接尾語。「ツバ」、あるいは「ツバクラ」は鳴き声だそうです。

たしかに、ツバメの鳴き声は「チュパ、チュパ」が連続したような感じ。「ツバ」や「ツバクラ」に聞こえなくもありません。

それにしても、ツバメのひなたちと同じ気持ちになって見守っている大隈言道。みなさんの中にも、彼のような人がいるのではないでしょうか。

鳥しるべ

スズメ目・ツバメ科

ツバメ

異名：つばくらめ、つばくら（ろ）、玄鳥（げんちょう）、社燕（しゃえん）、乙鳥（おっちょう、いっちょう）

「燕前線」という言葉があります。各地域のツバメの飛来日を、結んだ線のことです。桜前線とほぼ等しくなるといわれますが、桜が散り、ツバメが子育てを始める頃になって、飛来に気づく人も多いのではないでしょうか。

　桜が咲き始めたら、ちょっと注意して探してみてはいかがでしょう。スマートなシルエットや、燕尾と呼ばれる尾、すべるように飛ぶ姿が見つかりませんか。

▼鳴き声は、「土食って虫食って渋～い」と聞きなされます。最後に、いかにも渋そうに、「ビィー」というのが特徴です。

▼昔は民家の軒先に巣をかけていたツバメですが、今は、駅の方が多いのではないでしょうか。みなさんの最寄りの駅はいかがでしょう。

▼子育てが終わると、川原の葦原などで、集団で眠ります。多いところでは、数万羽になることも。夕暮れ時にこのようなねぐらに行くと、その数に驚くことでしょう。

▼飛んでいる時、背中の腰の部分が白く見えるイワツバメ（岩燕）や、腰が橙色に見えるコシアカツバメ（腰赤燕）も、意外と身近にいます。

◆**全長：**17～18㎝（スズメより大きい）
◆夏鳥

雉【きじ】

ケン、ケン……。
よく通る大きな声で鳴く
キジのオス。
せっかく草むらに隠れていても、
すぐどこにいるか、
わかってしまいます。
古くから狩猟の対象でした。

春の野に　あさる雉(きぎし)の
妻恋(つまごい)に
己(おの)があたりを　人に知れつつ

――大伴家持『万葉集』巻第八・一四四六

訳　春の野で餌(え)をあさるキジは、
妻を求めて鳴くので、
自分の居場所を人に知られて
しまうのだなあ。

愛情豊かなキジ

「きぎし」はキジの古語です。「きぎす」ともいいました。「きぎ」は鳴き声からきているそうです。昔の人は、「ケン、ケン」というキジの声を、「キ、キ」と聞いたのですね。「し」や「す」は鳥をあらわす接尾語。この「きぎし」が縮まって、「キジ」になったといいます。

そんなキジのオスはニワトリをひとまわり大きくしたようなからだに、長い尾。しかも、赤、青、緑などの派手な色がまざったよく目立つ姿をしています。それでも、隠れるのがとっても上手なのです。

この歌にあるように、草地などで、歩きながらえさを探しています。ところが、ひとたび鳴くと、すぐに居場所がわかってしまうほどの大きな声です。その上、鳴きながら、からだを起こして羽をばたつかせたりもします。母衣打ち（ほろうち）と呼ばれるこの行動は、まるで撃ってくださいといわんばかり。そうなのです。キジは昔から狩猟の対象でした。そこで、

「キジも鳴かずば打(撃)たれまい」ということわざも生まれました。

なぜ鳴くのかというと、求愛やなわばり宣言のため。この歌でも「妻恋」といっていますね。ここから、「妻恋鳥(つまごいどり)」という異名も持つようになりました。

撃たれる危険を冒しても鳴かずにいられないキジ。命がけの恋をしていると思うと、大声がかえってあわれです。

さて、キジの妻の方はというと、派手なオスとは正反対。地面や枯草とほとんど変わらない色をしています。ですから、じっとしていると、草むらに溶け込んで、見えていても気づかないほどです。

キジは地面に直接巣を作ります。そして、メスだけで子育てをするそうです。そのため、目立たない姿になっているわけですね。

キジのメスに由来することわざに、「焼け野の雉(きぎす)」があります。野が焼けてもじっと動かずに卵を抱き続けるところから、親の愛情が深いことのたとえとされてきました。昔はよく野焼きをしたので、実際に命を落とす母キジが多かったのかもしれません。
和歌では、鳴くキジを詠んだ歌が圧倒的ですが、こんな歌があります。

武蔵野の　雉(きぎす)やいかに
子を思ふ　煙の闇に　声まどふなり

——後鳥羽院『夫木和歌抄(ふぼくわかしょう)』[1]巻第五・一七七一

訳　武蔵野のキジは、どんなに我が子を思っていることだろう。
煙の闇で鳴き惑っているよ。

キジのメスは、オスのような大声では鳴きません。「キョ、キョ」というか細い声。煙の中から聞こえてくると、いたたまれない気持ちになりそうですね。

『万葉集』では、キジが登場する歌は八首。ほかに、キジの異名でもある「野つ鳥(のとり)」[2]が詠まれた歌（三七九二）が一首あります。野で愛情豊かに生きているキジ。いつまでものびのびと暮らせますように……。

1　鎌倉時代後期の私撰和歌集。選者は藤原（勝田）長清。原則として『万葉集』以来、勅撰和歌集に入らなかった歌を、分類し収録している。

2　野の鳥という意味。単に野の鳥一般をさす場合もあるが、普通は野の鳥の代表であるキジをさす。

鳥しるべ

◆全長：オス80㎝、メス60㎝（カラスより大きい）
◆留鳥

キジ目・キジ科

キジ

異名：きぎし、きぎす、野つ鳥、妻恋鳥

キジは日本の国鳥です。昭和二十二年に制定されました。理由は、日本固有種（日本にしか生息しない種）であること、古くから民話や芸術などで親しまれていること、姿が美しいこと、勇気と母性愛に富むこと、留鳥で一年じゅう人家の近くで見られることなどだそうです。最後の理由は、今では事情が変わってしまいましたね。でも、自然豊かな場所では、出会う機会もあるでしょう。もちろん鳴き声を手がかりに。

▼国鳥であるにもかかわらず、今でも、狩猟鳥とされています。

▼一年中見られますが、繁殖期のオスの声が印象的なことから、春の季語になっています。

▼オスの顔の赤い部分は、ハート型を横にしたような形。繁殖期には、ますます大きなハート型になります。また、長い尾を広げるようにして求愛します。

▼飛ぶことはあまり得意ではありません。飛ばずに走って逃げようとすることもよくあります。意外と走るのが速いのに驚きます。

▼メスがグループで複数のオスのなわばりを訪問するという繁殖形態をとり、冬は、オスだけ、メスだけの小さな群れで過ごすことが多いそうです。

山鳥【やまどり】

尾がとても長いヤマドリ。でも実際に姿を見ることは稀。
いつしか、さまざまな伝説が重ねられました。

思へども　思ひもかねつ
あしひきの　山鳥の尾の　長きこの夜を

――作者未詳『万葉集』巻第十一・二八〇二

◇◇◇◇◇◇◇◇

訳
どんなに思っても思いは尽きない。
ヤマドリの尾のように長いこの夜を。

伝説がひとり歩き

ヤマドリは、キジの仲間です。何といってもその特徴は、オスの長い尾。からだの1・5倍はありそうです。そこで、和歌では、長いことのたとえとしてよく詠われてきました。

『万葉集』では冒頭で紹介した歌の注の中に、「あしひきの　山鳥の尾の　しだり尾の　長々し夜をひとりかも寝む」[1]が出てきます。こちらの歌は、『小倉百人一首』[2]でも有名ですね。『拾遺和歌集』[3]にも収録されています。『万葉集』では作者未詳となっていますが、『小倉百人一首』や『拾遺和歌集』では、作者は柿本人麻呂となっています。ちなみに冒頭の歌も、『新千載和歌集』[4]では、人麻呂の作として掲載されています。

さて、ヤマドリという名前は、そのまま山の鳥という意味です。ヤマドリはめったに開けた場所に出てくることはなく、山の中の林や川沿いで暮らしています。そんなところから、「山鳥」と呼ばれるようになっ

1 訳…ヤマドリの垂れ下がった尾のように長い長い夜をひとりで寝ることになるのかなあ。

2 藤原定家が選んだといわれる百首の歌。天智天皇から順徳院まで百人の歌を一首ずつ集めたもの。近世以降、歌ガルタとして広まった。

3 平安時代中期の三番目の勅撰和歌集。

4 室町時代前期の十八番目の勅撰和歌集。

たのでしょう。

しかも警戒心が強く、大きなからだをしているわりにはなかなか人目につくことが少ない鳥です。昔の歌人たちにとってもそうだったのか、『万葉集』の四首を含め、その後も実際のヤマドリの様子を描いた歌はほとんどありません。

そのかわり、さまざまな伝説が重ねられるようになりました。それをふまえて歌に詠まれることが多いのです。

「ヤマドリのオスとメスは、谷を隔てて眠る」という話は、その代表的なものです。そこからヤマドリは、恋しい人を思いながらひとり寂しく寝ることの象徴となりました。のちにはひとり寝のことを「山鳥寝（やまどりね）」ともいっています。冒頭の歌も、ひとり、恋しい人を思って悶々（もんもん）と過ごしているからこそ、夜がはてしなく長く感じられるのでしょう。

実際のところは、繁殖期は夫婦、または一夫多妻で暮らし、非繁殖期はオス・メスが別々の群れで生活するのが普通だそうです。ひとり寝のイメージは、どこからできあがったのでしょうね。

もうひとつ、ヤマドリは、よく鏡とともに詠まれました。『枕草子』[5]にも、「山鳥、友を恋ひて、鏡を見すれば、なぐさむらむ、心若う、いとあはれなり」[6]とあります。『俊頼髄脳（としよりずいのう）』[7]という歌論書によると、次のような話が古くから広まっていたようです。

昔、帝が、隣の国から山鳥を贈られました。その声は美しく、聞けば憂いを忘れるというのです。ところがその鳥は一向に鳴きません。そこでたくさんいる女御（にょうご）に向かって、「この鳥を鳴かせることができたら后にする」と仰せになったといいます。ひとりの女御が、「友と離れてひとりでいるから鳴かないのだ」と考え、鏡に姿を映して見せると、うれしそうに鳴き出したというのです。

とはいえ、ヤマドリは美しくさえずる鳥ではありません。しかも、日本固有種。つまり、日本にしか生息しない鳥です。おそらく、漢詩や漢籍にも出てくる鸞鳥（らんちょう）[8]や山鶏（さんけい）[9]と混同されて、このような話ができあがった

5 平安時代中期の随筆。清少納言著。

6 訳…ヤマドリは友を恋しがって、鏡を見せると、映った姿を友だと思って安心するところが、あどけなく、しみじみと心にしみる。

7 平安時代後期、源俊頼が書いた歌学書（＝和歌の作り方を学ぶための書物）。

8 中国の想像上の鳥。羽は赤色に五色をまじえ、鳴き声は中国の伝統的な基本音階である五音に合うといわれる。

という説が正しいのでしょう。さらには、「山鳥のはつ尾の鏡」「尾ろの鏡」「尾鏡」などといって、尾が鏡のようになり、恋しい妻の姿が映るのだともいい伝えられてきました。というのも、日本では、恋しい人の面影が、鏡に映ると信じられていたからです。

山鳥の　をろの鏡にあらねども
うき影見ては　ねぞなかれける

――土御門院（つちみかど）『続拾遺和歌集（しょくしゅうい）』[10]巻第十五・一〇六六

訳　山鳥の尾っぽの鏡ではないけれど、
鏡に浮かぶつれない面影を見ては、声をあげて泣いてしまう。

ところで、九州南部にだけ生息するコシジロヤマドリ（腰白山鳥）は、尾の付け根が白く、遠くから見ると、鏡のように見えなくもありません。現在では、コシジロヤマドリは準絶滅危惧種。ヤマドリの存在そのものが伝説になることのないよう祈るばかりです。

9　キジ科の鳥。オスは全長70㎝ほどで、黒っぽい青紫色と白い羽を持つ。台湾の固有種。

10　鎌倉時代後期の十二番目の勅撰和歌集。

鳥しるべ

キジ目・キジ科

ヤマドリ

異名：遠山鳥（とおやまどり）

繁殖の時期には、オスが羽をばたばたさせて、キジと同じように、母衣打（ほろう）ちと呼ばれる音を出します。ただし、ヤマドリはキジのように大声で鳴くことはしません。

よく茂った林のある山地の沢沿いなどを歩いていることが多いのですが、出会うのは難しいかと思います。それでも、春、山道を歩く時に耳をすませていると、「ドドドドッ」という母衣打ちの音が聞こえてくるかもしれませんね。

▼留鳥ですが、春の季語になっています。やはり母衣打ちの音が印象的だからなのでしょう。

▼オスは、キジよりも大きく、全体的に美しい赤褐色。目のまわりがキジのように赤くなっています。長い尾にある黒い帯は、年を重ねるほど多くなるのだとか。

▼メスは、尾が短く、顔にはオスのような赤い部分はありません。キジのメスによく似ています。

▼ヤマドリも、キジと同じように、古くから狩猟鳥とされてきました。

▼生息する地域によって色などの違いがあるので、五つの亜種に分けられています。コシジロヤマドリはその一種です。

◆**全長：**オス125㎝、メス55㎝（メスの尾は短い）（カラスより大きい）
◆留鳥

夏

初夏は、夏鳥が勢ぞろい。
さえずりもいっそう多彩になります。
やがて、葉が茂り、繁殖も本格的になって、
姿を見るのは難しくなるのですが、
歳時記には多くの鳥が、
夏の季語として名前を連ねています。
『万葉集』に詠われているのは、
そのうちの六種です。

霍公鳥【ほととぎす】

ホトトギスは、卯の花とともに、夏の訪れを告げる存在でした。名前の語源は、鳴き声からきているそうです。「ホトトギス、ホトトギス」と聞こえませんか。

卯の花の　ともにし鳴けば
ほととぎす
いやめずらしも　名告り鳴くなへ

――大伴家持『万葉集』巻第十八・四〇九一

◇◇◇◇◇◇◇◇◇◇◇◇◇

訳

卯の花が咲くと同時に鳴くので、
ホトトギスはますます愛しいなあ。
自分の名前を名のるように鳴くにつけても……。

人気ナンバーワンの鳥

『万葉集』で最も多く詠まれた鳥は何でしょう。答えは、ホトトギス。なんと、百五十三首もあります。二位の雁（１００ページ）が六十四首ですから、大きく引き離していますね。

ホトトギスの歌のうち、半数近くの六十六首が大伴家持の作なのですが、彼だけが特別だったのではないと思います。なぜならこの人気は、その後もずっと続きました。二十一の勅撰和歌集でも、すべてで一位の座を保ち続けているのです。

卯の花[1]も、夏の到来を告げる花として、大変愛された花です。その純白の花が咲き始める頃、ホトトギスが渡ってきます。

『万葉集』の三九八四の歌の左注[2]には「霍公鳥(ほととぎす)は、立夏[3]の日に来鳴くこと必定(ひつじゃう)[4]なり」とありますが、だいたい五月の中頃に、忍び音[5]が聞かれるのではないでしょうか。

1 ウツギ（空木）の異名。初夏に小さな白い花をたわわに咲かせる落葉低木。

2 和歌などの左側に記した注。

3 二十四節気のひとつで、毎年五月五日頃。

4 そうなると決まっていること。必ずそうなること。

5 旧暦四月頃の、まだ本格的に鳴く前の、声をひそめたようなホトトギスの鳴き声のこと。

卯の花のほかにも、橘（たちばな）や菖蒲（あやめ）、藤などといっしょに詠まれました。どれも、鳴き声に関する歌ばかりです。じつは「ホトトギス」の語源も、さえずりからきたといわれます。たしかに、ちょっとトーンを落とした時など、現代人の耳にも「ホトトギス、ホトトギス」と聞こえるようです。

冒頭の歌の「名告り鳴くなへ」というのは、このこと。鳥の名前は鳴き声に由来するものが多いのですが、ホトトギスだと、特に好ましく感じられたのでしょう。

異名の数も一番

ホトトギスの声には訴えかけるような強い響きがあります。しかも、たたみかけるように鳴き続けます。一日に八千八声（はっせんやこえ）鳴くともいわれ、のちには、「百声鳥（ももこえどり）」という異名でも呼ばれました。

夏の開幕宣言と聞けばうれしいのですが、聞きようによっては、かきたてられるような気持ちになる声です。また、夜も鳴くことから、思い悩んで眠れない夜を過ごす人の気持ちに寄り添ってくれる声でもあり、逆に思いをつのらせる声でもあったのです。

何しかも　ここだく恋ふる
霍公鳥　鳴く声聞けば　恋こそまされ

――大伴坂上郎女（おおとものさかのうえのいらつめ）『万葉集』巻第八・一四七五

訳　どうしてこんなにもホトトギスの声を待ち焦がれるのかしら。鳴く声を聞けば、恋しさが増すだけなのに。

特徴のある抑揚をつけて一音一音区切るその声は、さまざまな聞きなしもされてきました。

信濃なる　須賀の荒野（あらの）に
ほととぎす　鳴く声聞けば　時すぎにけり

――作者未詳『万葉集』巻第十四・三三五二

訳 信濃の須賀の荒れ野で、ホトトギスが鳴く声を聞くと、
もう時は過ぎてしまったようだ。

この歌の「時すぎにけり」も聞きなしだといいます。作者は、どんな時を逸したのでしょう。

ホトトギスは元来、田植えの時期の目安とされてきた鳥です。漢字で「時鳥」とも書きますし、「時つ鳥」「時の鳥」という異名でも呼ばれました。この和歌も、「田植え時を逃してしまった」という思いを重ねているのかもしれません。

ほかにも農作業にまつわる異名は数多く残っています。「早苗鳥（さなえどり）」「田歌鳥（たうたどり）」「勧農鳥（かんのうちょう）」……。ですが、これらよりも古くからあるのが、「死出（しで）の田長（たおさ）」という異名です。「田長」は農夫の頭（かしら）のこと。「死出」については、身分の低い者という意味の「賤（しず）」が変化したものだともいわれます

が、一般には、死出の山[4]を越えてくるからだとされてきました。「死出の田長」そのものが聞きなしだという説もあります。

というのも、ホトトギスの口の中は、赤いのです。そこから、「鳴いて血を吐くホトトギス」ともいわれ、「冥土（めいど）の鳥」とも呼ばれました。

ただし、不吉な鳥とばかり思われていたのではありません。冥土は、亡くなった恋しい人や懐かしい人がいる場所でもあるのです。その冥土から毎年渡ってくる鳥だと思うと、いっそう心がひかれます。

死出の山　越えて来つらむ　ほととぎす
恋しき人の　うへ語らなむ

——伊勢『拾遺和歌集』巻第二十・一三〇七

訳　死出の山を越えてやってきたのだろう、ホトトギスよ。恋しいあの人の身の上を語って聞かせてほしい。

この歌から、「恋し鳥」という異名もつきました。

4　死後、越えていかなければならない山。

表記もたくさん

『万葉集』では、三分の二が「霍公鳥」と書きあらわしています。あとは万葉仮名で「保登等芸須」と書く場合がほとんどです。平安時代には、「郭公」と書くことが多くなりました。

音読みにすればおわかりのとおり、「霍公鳥」も「郭公」も、カッコウのことです。

ホトトギスとカッコウの外見はそっくり。少しホトトギスが小さいぐらいです。当時でさえ、なかなか姿が見られなかったようですから、混同されてしまったのかもしれません。

郭公(ほととぎす)　峰の雲にや　まじりにし
ありとは聞けど　見るよしもなき

——平篤行(たいらのあつゆき)『古今和歌集』巻第十・四四七

訳　ホトトギスは峰にかかっている雲にまぎれてしまったのだろうか。声がするのでいることはわかるけれども、姿を見るすべもないよ。

ほかに、「杜鵑」とも書きますね。これは、中国の古代、蜀の王・杜宇が、亡くなった後、ホトトギスになったという故事からきています。「不如帰」「杜宇」「杜魂」「蜀魂」なども、この故事に由来する異名で、どれも「ほととぎす」の読みが当てられてきました。

王の位を譲って他国で死去した杜宇の魂が、「鵑（けん）」という鳥になって「不如帰（帰るにしかず）」と鳴いたという故事。「不如帰」は中国の聞きなし。「鵑」も鳴き声を写したものだという。また、「子規（しき）」とも書くが、こちらも鳴き声からきているといわれる。

ウグイスに托卵する

ホトトギスには、「托卵」という習性があります。自分では巣を作らずに、主にウグイスの巣に卵を産むのです。その際、ウグイスの卵をひとつ抜き出して、そこにひとつだけ産むといいます。ひなはウグイスよりも先に孵り、他の卵を外に出してしまって、一羽だけでウグイスの親にえさをもらいながら育ちます。ウグイスの親は、ホトトギスのひなが、自分よりずっと大きなからだになっても、えさを与え続けるのです。「ホトトギスは、なんてひどい鳥なんだ」と思われたでしょうか。万葉の時代の人も、その様子に気づいていたようです。

うぐひすの　卵(かひご)の中に　ほととぎす
ひとり生まれて　汝(な)が父に　似ては鳴かず
汝が母に　似ては鳴かず（中略）

――作者未詳『万葉集』巻第九・一七五五

訳 ウグイスの卵の中に、ホトトギスは一羽だけ生まれる。
お前の父のようには鳴かない、お前の母のようにも鳴かない……。

ですがこの長歌は、このあと、

（中略）ひねもすに　鳴けど聞き良し　幣(まひ)はせむ
遠くな行きそ　我がやどの　花橘(はなたちばな)に　住み渡れ鳥

訳　一日中鳴くけれど聞いていて心地よい。
贈り物をしよう。遠くへは行かないで。
私の家の花橘に、ずっと住み続けておくれ、鳥よ。

と結ばれています。不思議に思いながらも、やはりホトトギスが大好きだったのですね。

また「うぐひすの現し真子（うつしまこ）」[6]とも詠われています（巻第十九・四一六六）。ウグイスがせっせとえさを与えている様子を見て、こんなふうに考えたのでしょう。

『枕草子』でも、「『郭公（ほととぎす）、鶯（うぐひす）におとる』と言ふ人いとつらうにくけれ」[7]といっています。昔のことを思うと、ずいぶんホトトギスに無関心になってしまった現代人。さて清少納言はどう思うでしょう。

6　まことのいとし子。

7　訳…「ホトトギスがウグイスに劣る」という人はとっても情けなくにくらしい。

鳥しるべ

ホトトギス

カッコウ目・カッコウ科

異名：死出の田長、時つ鳥、百声鳥、田歌鳥、常詞鳥（つねことばどり）、早苗鳥、勧農鳥、田長鳥（たおさどり）、恋し鳥、冥土の鳥など多数

▼さえずるのはオスだけで、オスもメスも、「ピピピピ」と甲高い声で地鳴きをします。

▼カッコウのほかに、ツツドリ（筒鳥）も姿はそっくり。でも鳴き声は全然違います。カッコウはもちろん「カッコウ」。ツツドリは、「ポポ、ポポ」と鳴きます。この仲間はみんな、夏、日本に渡って来て托卵をします。大きさは、カッコウ、ツツドリ、ホトトギスの順です。

▼秋に咲く花が、ホトトギスの胸の模様に似ているということで、「ホトトギス」と名づけられた植物もあります。こちらは「杜鵑草」「油点草」などと書いて、鳥のホトトギスと区別します。

夏鳥としては遅めの五月頃に渡ってくるのは、ウグイスなどの巣に托卵するためだといわれます。

聞きなしもたくさんありますが、江戸時代以降、「てっぺんかけたか」「本尊（ほんぞん）かけたか」などと聞きなされるようになりました。昭和になると、「特許許可局（とっきょきょかきょく）」という早口言葉のような聞きなしも生まれます。現代人には、これが一番ぴったり聞こえるかもしれませんね。

◆全長：28cm（ムクドリより大きい）
◆夏鳥

鵺【ぬえ】

万葉の人たちには、
せつなく忍び泣く声に聞こえた
鵺の声。
でも、そのか細いさえずりは、
のちに、不気味な怪物のイメージを
重ねられてしまいました。

よしゑやし　直（ただ）ならずとも
ぬえ鳥の　うら嘆（な）け居りと
告げむ子もがも

――作者未詳『万葉集』巻第十・二〇三一

◇◇◇◇◇◇◇◇◇◇◇◇◇

訳　たとえ直接会えなくても、
鵺鳥のように忍び泣いていると、
あの人に告げてくれる子がいたらなあ……。

怪物ではなかった鵼

「ぬえ」と聞いて、恐ろしげな印象を持たれた方も多いのではないでしょうか。実際、得体の知れない人や物事を形容する時にもよく使われてきました。

そのイメージは、『平家物語』[1]の影響が大きいようです。物語によると、源頼政[2]が弓矢で仕留めたのは、頭は猿、胴体は狸（たぬき）、尾は蛇、手足は虎、鳴く声は鵼に似た怪物でした。ところがその後、再び頼政が召された時の『平家物語』の記述は「鵼といふ化鳥（けちょう）[3]」となっています。なんとほかの特徴は省かれ、怪物は鵼に決めつけられてしまったのです。この話は「頼政の鵼退治」として語り継がれていきました。

ですが、万葉の人々は、鵼を不気味なものとは思ってなどいませんでした。冒頭の歌でもおわかりでしょう。

『万葉集』で鵼が登場する歌は計六首。そのうち五首は「鵼鳥の」とい

1 平安時代末期から鎌倉時代初期の源平争乱を描いた軍記物語。作者未詳。

2 平安時代末期の武将・歌人。

3 化け物の鳥という意味。

う形で、枕詞になっています。それも「うらなく」[4]「のどよふ」[5]「片恋」などにかかります。鵺の声が、もの悲しく感じられたからでしょう。さらに残りの一首は、「鵺子鳥」と「子」をつけ、親しみをこめた形になっています。共感を持って聞いていたのですね。

さて、そんな鵺の声とは、いったいどんな声なのでしょうか。

じつは現在では、鵺とは呼ばれていません。標準名はトラツグミ（虎鶫）となっています。虎に似た色のツグミだからということですが、それほど虎に似ているわけではなく、黄色みがかった褐色の鱗のような模様をしています。

ハトよりも小さなからだで、木々の間をとことこ歩き回りながら、ミミズを掘り出して食べている様子は、どこかひょうきんです。この姿が知られていれば、怪鳥などとは思われなかったでしょう。

ただしさえずる時は、「ヒィーイ」という抑揚のない笛のようなか細い声を、間をあけて繰り返します。しかも、夜から早朝に鳴くのです。

4 表面に出さずに心の中で泣くこと、または、おのずと泣けてくること。

5 細々と力のない声を出すこと。

ですから、漢字で「鵺（ぬえ）」とも書きます。

たしかに、姿が見えずに闇の中で聞けば、不気味に聞こえるかもしれません。ですが、『平家物語』の時代を生きた西行[6]も、あわれを誘う声として、トラツグミのさえずりを聞いています。

さらぬだに　世のはかなさを　思ふみに
ぬえなきわたる　曙（あけぼの）の空

——西行『山家集』巻中・七五六

訳　ただでさえ世のはかなさを思う身なのに、鵺の声が渡っていくように聞こえて、いっそうはかなむ気持ちをつのらせる曙の空よ。

それにしても、本当にせつない求愛の声です。歳時記で夏の季語になっているのは、繁殖が盛んになる夏によく聞かれたからでしょうか。

ですが、繁殖地は山の中。かえって、平地に下りてくる非繁殖期の方が、目にする確率は高くなります。素顔の鵺に会いたいと思いませんか。

6　平安時代後期の歌人。

鳥しるべ

スズメ目・ヒタキ科

トラツグミ

異名：鵼（鵺）、鵼子鳥、黄泉鳥（よみじどり・よみつどり）

冬から春にかけては、樹木がたくさん生い茂る公園などでも見ることができるかもしれません。ただし、大変警戒心が強く、危険を感じると木の枝にとまってじっとしています。

地面にいる時は、薄暗い場所を歩きながら、大好物のミミズを食べていることが多いと思います。そんな時の、落ち葉をひっくり返す音で、トラツグミがいることに気がつく場合もありますから、耳をすましてみましょう。

▼時おり、からだを低くしてすばやく走ったり、腰を振り振り歩いたり、首をかしげて音を聞いているようなしぐさをしたり……。どの様子も、何ともいえずユーモラスです。

▼同じ仲間のツグミ（鶫）の方が、目にする機会の多い鳥です。明るく開けた場所にも出てきてくれるので、双眼鏡がなくても観察できるほど。トラツグミよりは少し小さめですが、体型はよく似ています。地上を数歩歩いては立ち止まって、胸を張るしぐさを繰り返すのも、ツグミの特徴です。秋に群れで渡来する冬鳥で、歳時記では、秋の季語になっていますが、『万葉集』には登場しません。

◆**全長**：30㎝（ハトより小さい）
◆留鳥または漂鳥

鵜【う】

海岸の景色はすっかり変わってしまいましたが、
鵜が群れている様子はきっと昔と同じなのでしょう。

阿倍（あべ）の島　鵜の住む磯（いそ）に　寄する波
間（ま）なくこのころ　大和（やまと）し思ほゆ

――山部赤人『万葉集』巻第三・三五九

訳
阿倍の島の、ウが住む磯に寄せる
波のように絶え間なく、このごろは
大和のことが思われるよ……。

ウミウとカワウ

海岸の岩場にたくさん群れ集うウの姿……。山部赤人は、こんな情景を見たのかもしれません。そこに打ち寄せては砕ける波。赤人の思いは、ウから離れて大和へと移っていきます。

「阿倍の島」は、大阪市阿倍野区あたり、兵庫県加古川市付近、奈良県桜井市阿部などさまざまな説があって、どこかは不明です。万葉の頃と今とでは、ずいぶん変わってしまったことでしょう。

ところで、現在ウという名の鳥はいません。

池や川、内湾(ないわん)[1]などの身近な水辺でよく見かけるのはカワウ(川鵜)、鵜(う)飼(かい)でおなじみなのはウミウ(海鵜)。ウミウは岩場のある沿岸の海上に生息し、内陸にはあまり入ってきません。

「鵜の住む磯」という表現からすると、赤人が見ていたのはウミウかもしれませんね。ですがカワウも磯にいますので、候補地の地理的な面か

1 幅に対して奥行きの大きい湾。

ら推察すると、カワウの可能性もあります。カワウとウミウの見た目はそっくり。その上、習性もよく似ていて、昔は区別がなかったようです。ところで『万葉集』では、ウを詠んだ十二首のうちの十首が鵜飼を詠んだ歌です。一年中見られるウが夏の季語になったのも、鵜飼の最も盛んな季節だということが大きいのでしょう。

年のはに　鮎(あゆ)し走らば
辟田川(さきたがわ)　鵜八(や)つ潜(かづ)けて　川瀬(かわせ)尋ねむ

——大伴家持『万葉集』巻第十九・四一五八

訳　年ごとに鮎が走るように泳ぐ季節になったら、
　　辟田川にウをたくさんもぐらせて、川の浅瀬を訪れよう。

この歌からは、家持自らが鵜飼をしていたことがうかがえますね。鵜飼は、ウがかまないで丸ごと飲みこむ習性を利用した漁です。よく理解しないで人の話などを受け入れることを「鵜呑み」というのも、ここからきています。

じつは、ウに限らず、鳥には歯がありません。つまり、どの鳥も「鵜呑み」をするのです。

ウの場合は、魚を食べることや、喉に魚をためる袋を持っていること、首が細長く吐き出させやすいことなど都合のいい条件を兼ね備えているので、利用されるようになったというわけです。もちろん、漁が上手だということや、学習能力がすぐれているという理由もあったでしょう。

昔はカワウも鵜飼に使われていたそうですが、現在、鵜飼で使うのはウミウです。カワウよりも少しからだが大きく、長い訓練に耐えられるからだといいます。

美しい羽と目

ウが大きな翼を広げたままで、日光浴をしている姿を見かけたことはないでしょうか。そんな様子が、鎌倉時代の歌にも詠まれています。

きよみがた　荒磯岩の　はなれ鵜の
波にしをるゝ　翼ほすらし

――京極為兼『夫木和歌抄』巻第二十七・一二六七三

訳　清見潟の荒磯にある岩で、綱を放たれたウは、
波に濡れてしおれてしまった翼をひろげて干すらしい。

どうしてこんなことをするかというと、ウはほかの水鳥に比べて、羽の油分が少ないそうです。ですから、時々、濡れた翼を干して乾かさなければならないのだとか。この歌では、綱を放たれたウが翼を干すと詠まれていますが、放たれたウでなくてもするわけですね。

そんなウの羽は、一見、真っ黒。でも、光の当たり具合で違って見える光沢を持っています。

白浜に　墨の色なる　島つ鳥
筆も及ばば　絵にかきてまし

——阿仏尼（あぶつに）『十六夜日記（いざよいにっき）』[2]

訳　白い砂浜に、墨のような色をしたウよ。
私の筆が及ぶことなら、絵に描いてみたい。

「島つ鳥」[3]は、もともと「鵜」を導く枕詞でした。のちには、ウの異名としても使われるようになります。

この歌は、「いと白き洲崎に黒き鳥の群れ居たるは、鵜といふ鳥なりけり」[4]という一文に続く歌で、浜名湖のあたりで詠まれました。墨の色をした羽が、白い砂に映えて、大変美しく見えたのでしょう。

この時、もし彼女が、もっと近くでウの姿を見ることができたなら、目の色の美しさにも気づいたのではないでしょうか。

ウの虹彩（こうさい）の色は、美しいエメラルドグリーンなのです。

2 鎌倉時代中期の日記紀行文学。阿仏尼著。

3 島の鳥という意味。

4 訳…たいへん白い洲の先に、黒い鳥が群れているのは、鵜という鳥だった。

よく「鵜の目鷹の目」といって、鋭く物を探し出そうとする様子を、ウやタカが獲物を狙う時の目つきにたとえますね。たしかに、タカ科の鳥たちの目には、たじろぐほどの鋭さがあります。でも、ウの目つきはそんなに鋭いでしょうか。どこか、とぼけた表情にも見えるぐらいです。

また、ことわざではよくカラスといっしょに登場します。「烏が鵜の黒さを笑う」[5]「鵜の真似をする烏」[6]「烏を鵜に使う」[7]……。

とはいえカラスは全身真っ黒ですが、カワウもウミウも、くちばしが白っぽく、付け根は黄色、その先の頬のあたりも白くなっています。その上繁殖期になると、頭から首と腿（もも）のあたりの羽が白くなるのです。白い恋衣をまとったような、恋に悩んで白髪が増えたような……。

ところが、こんな様子を詠んだ歌は見当たりません。いにしえの歌人なら、どう歌にあらわしたでしょう。

5 自分をたなにあげて人の欠点を笑うこと。

6 カラスがウの真似をして水にもぐっても、魚を獲れずにおぼれてしまうことから、似ているからといって自分の能力を顧みずに真似をして失敗すること。

7 ウの代わりにカラスを使って魚を獲ろうとするように、能力のない者を才能が必要な地位に据えること。

鳥しるべ

カツオドリ目・ウ科

カワウ

異名：島つ鳥

カワウが、大きな魚を飲みこんで、細い首が魚の形にふくらんでいるのを見ることがあります。それでも、強力な胃液で消化してしまうのです。

一九七〇年頃、環境の悪化によってカワウは激減し、絶滅の心配もあったとか。今では増えすぎて、漁業被害や糞（ふん）害などの問題が起こり、逆に嫌われ者になっている地域もあるようです。何とか知恵をしぼって、共存していきたいものです。

▼カワウが空を飛ぶ時は、からだが重たそうに羽をばたばたさせています。数羽で隊列を組んで行く時もあります。また、飛び立つ時は、水面をしばらく走るようにして羽ばたきます。

▼ウミウとの見分け方は、くちばしの付け根。黄色い部分が広く見え、白い部分が目の高さを越えないのがカワウ。黄色い部分が頭の後ろの方向に尖（とが）っていて、白い部分が目より高い位置まで広がるのがウミウです。

▼どちらも、群れで集団繁殖しますが、カワウは樹上に、ウミウは岩場に巣を作って、つがいで子育てをします。

▼泳いでいる時は、首だけが水面から出ているように見えます。

◆全長：80〜101cm（カラスよりずっと大きい）

◆留鳥または漂鳥

斑鳩【いかるが】

黄色いくちばしと、
ふっくらとした体型が
印象的なイカル。
囮にされ、
親鳥が捕まえられようと
しているのも知らずに
無邪気に戯れている様子が
あわれです。

近江の海　泊八十あり　八十島の　島の崎々
あり立てる　花橘を　末枝に　黐引き懸け
中つ枝に　斑鳩懸け　下枝に　ひめを懸け
己が母を　取らくを知らに　己が父を　取らくを知らに
いそばひ居るよ　斑鳩とひめと

――作者未詳『万葉集』巻第十三・三二三九

訳
近江の海には湊がたくさんある。
同じくたくさんある島々の崎々に立ち連なっている花橘の上の枝に鳥黐を仕掛け、中の枝にはイカルをとまらせ、下の枝にはひめをとまらせて囮にし、おまえたちの母鳥が捕らえられようとしているのも知らずに、おまえたちの父鳥が捕らえられようとしているのも知らずに、戯れ合っているよ、イカルとひめが……。

地名が先か鳥名が先か

『万葉集』は、生き物に共感し、心を寄せる歌ばかりではありません。「おとり」という言葉は、「招き鳥」が変化したものです。現実に、このような方法で鳥を捕えていたのでしょう。モチノキなどから粘着力の強い「鳥黐」を作り、綱などに塗って鳥を捕まえていたのです。鳥がもがき苦しむ残酷な猟です。

作者は、無邪気な鳥たちを眺めながら、囮の親鳥が助けに来るだろうと待ち構えているわけですね。

今では野鳥を捕獲することは、鳥獣保護法などで禁じられています。

さて、この歌に登場する「斑鳩」は、現在イカルと呼ばれている鳥のことです。また、下の枝にとまらせる「ひめ」については、『その他の謎の鳥（246ページ）』で触れたいと思います。どちらも『万葉集』では、この長歌一首しか詠まれていません。

さて「斑鳩」と聞くと、ほとんどの人が、奈良の地名を思われたことでしょう。

じつは、イカルという名の由来として真っ先に出てくるのが、奈良の斑鳩の里に数多く生息していたからというもの。とはいえ、逆にこの鳥がたくさんいたから斑鳩という地名になったともいわれます。地名が先か、鳥名が先か……というところですね。

イカルは一羽でいることもありますが、よく群れになって、木にとまっていたり、地面でえさを探していたり、水を飲みに来たりしています。今でも斑鳩の里にはイカルの群れが来るようですから、当時もたくさんいたことは確かなのでしょう。

澄みきったさえずり

「いかる」の語源説には、ほかに、「いかる角（かど）」の略ではないかという説もあります。

「いかる」は、「いかり肩」の「いかり」と同じで、角ばっていることや、ごつごつしている様子をあらわします。「角」というのは、くちばしの角をさすということです。そこから、「鵤」という国字[1]も作られました。

ちなみに「斑鳩」という漢語は、本来ジュズカケバト（数珠掛鳩）、あるいはシラコバト（白子鳩）という飼い鳥をさすのだそうです。間違った漢名を当ててしまったというわけですね。

イカルを見た時、まず目につくのが黄色の太くて短いくちばしでしょう。それも頑丈そうで、どんなに固い木の実でもつぶせそうです。

そのくちばしに、豆をくわえてころころ転がしているので、「豆回し」「豆うまし」「豆鳥」「豆っぽう」などの異名もつきました。

くちばしの中で転がしながら、上手に外の皮を除き、中の種だけ食べるのだとか。やはり「豆うまし」と思っているのでしょうか。

1 中国から伝来したものではなく、日本で独自に作られた漢字。

いかるがよ　まめうましとは　たれもさぞ
ひじりうきとは　なにをなくらん

——二条定高『古今著聞集』[2]

訳　イカルよ、「豆がうまい」と聞けば、
誰もが「さぞそうだろう」と思うけれど、
「徳のある僧侶がつらい」なんて、いったい何を嘆くんだい。

この歌ではイカルのさえずりを、「豆うまし」とか「聖憂き」と聞きなしています。それを、異名の「豆うまし」にもかけているのですね。ところで、この歌の詞書[3]には「いかるがを家隆卿のもとへ贈るとてよみ侍りける」とあります。イカルは飼い鳥として贈答にも使われていたのですね。現在では、野鳥を飼育することも罪になります。

イカルのさえずりが聞かれるのは、春から夏にかけて。それが、何とも心地よい声なのです。

いつの頃からか美しく鳴く鳥として、ウグイス、オオルリ（大瑠璃）、

2　鎌倉時代の説話集。橘成季（たちばなのなりすえ）編。

3　和歌などの前書き。

コマドリ（駒鳥）のことを「三鳴鳥」と呼ぶようになりますが、イカルのさえずりはそれらに勝るとも劣りません。

春の日の　長閑にかすむ　山里に
ものあはれなる　いかるがの声

——寂蓮『夫木和歌抄』巻第二十七・一二八七二

訳　春の日ののどかにかすむ山里に、
どことなく心に染み入るイカルの声だなあ。

のびやかに響く声は、澄みきって、なるほど心に染み入るようです。昼間でも鳴きますが、「朝鳴き鳥」という異名もつきました。たしかに、すがすがしい朝の空気にぴったりの声です。

寂蓮は春の情景に重ねて詠んでいますが、歳時記では夏の季語。夏の朝にさわやかさを届けてくれる声だと思われたのかもしれませんね。

鳥しるべ

◆全長：23㎝（ムクドリぐらい）
◆留鳥または漂鳥

スズメ目・アトリ科

イカル

異名：豆回し、豆うまし、豆鳥、豆っぽう、朝鳴き鳥

樹木の多い身近な公園などにもいますが、さえずっている時は、木の幹に添うようにとまって鳴くので、見つけにくいかもしれません。群れでいる時やえさを食べている時の方が、警戒心も薄らぐのか、観察しやすいようです。さえずらない時は、キョッキョッと小さな声で地鳴きをするので、その声をたよりに探してみるのもいいですね。

よく目立つ黄色いくちばしは、繁殖期に付け根が水色になります。

▼羽の黒い部分は、光の加減で、青や水色に見える時もあります。その羽にある白い部分もよく目立ちます。

▼抑揚のある節回しで、フレーズの最後をのばすようにさえずるのが特徴です。何かをいっているようにも聞こえるせいか、さまざまな聞きなしが伝わっています。本文で紹介した『古今著聞集』の歌の「豆うまし」「聖憂き」もそうですね。ほかに、「お菊二十四（にじゅうし）」、「月日星（つきひほし―）」。また、「蓑笠着（みのかさき）い」と鳴くと雨が降り、「赤着物着（あかべこき）い」と鳴くと晴れるともいわれました。

▼「イカルコキー」と鳴くから、「いかる」という名前になったという語源説もあります。

鳧【けり】

ケリは渡り鳥ではありませんが、飛ぶ姿が美しい鳥です。
その姿が郷愁をかきたてたのかもしれません。

国巡(めぐ)る　獦子鳥(あとり)鴨鳧(かまけり)　行き巡り
帰(かひ)り来(く)までに　斎(いは)ひて待たね

——刑部虫麻呂(おさかべのむしまろ)『万葉集』巻第二十・四三三九

◇◇◇◇◇◇◇◇◇◇◇◇◇

訳　国を飛びまわるアトリやカモやケリのように、
任地を行き巡って帰ってくるまで、
どうか身を慎んで待っていておくれ……。

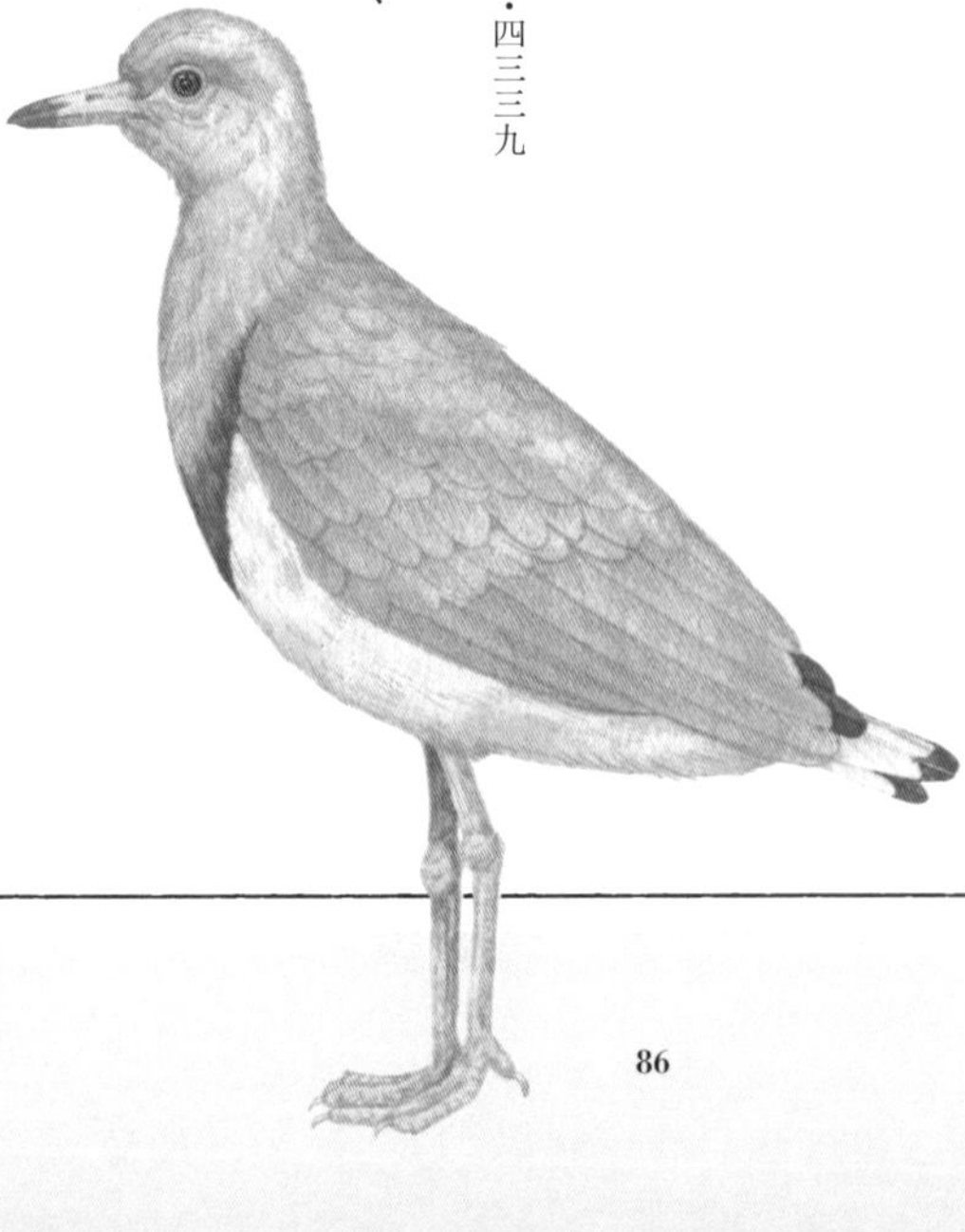

翼のコントラスト

この歌は、二句目の「獦子鳥鴨免(あとりかまけり)」を、「獦子鳥感(かま)けり」と解釈する説もあります（118ページ参照）。とはいえ、三種類の違う鳥を語呂よく並べた方がずっと楽しく、いきいきとした歌になります。

アトリは、スズメより少し大きな小鳥。カモは、カラスよりも大きな水鳥。ケリは、ハトぐらいの鳥。小、大、中と大きさの違う鳥を選んでいますね。

移動する場合、アトリは大きな群れで飛び、カモは数羽から十数羽で羽ばたいていき、ケリは、二、三羽で飛び立っていくイメージです。

また、アトリは野山の鳥、カモは水鳥、ケリは湿地や田んぼの鳥……。こんな三種を選ぶとは、心憎いほどのセンスではないでしょうか。

作者の刑部虫麻呂は、防人(さきもり)[1]です。愛する人を残して、故郷から遠い地に駆り出された虫麻呂。まるで、どこへ行っても鳥が目について、鳥を

1 古代、筑紫（つくし）、壱岐（いき）、対馬（つしま）などの北九州地方を防備するために駆り出された兵士のこと。主に東国の人々が徴発された。

見るたびに、彼女のことを思ってしまうようです。

このケリ、鳴く時は、「ケッ、ケッ」と鋭い声を出します。「ケリ」という名前も、この鳴き声からきたのだとか。たしかに「ケリ、ケリ」とも聞こえます。

繁殖期の田んぼは、ケリの声がいっそう絶え間なく聞こえる時期です。田んぼ一面が、その声で満ちるほど。そんな理由からか、夏の季語になっています。

見た目は地味な色合いで、じっとしているとあまり目立ちません。また、局地的に生息するせいでしょうか、『万葉集』にはこの一首しか登場しません。その後も、歌にはあまり詠まれませんでした。

でも、飛ぶ姿は大変美しいのです。飛ばない時の姿からは意外なほど長い翼。しかも、白い羽と、端の黒い部分のコントラストが際立っています。虫麻呂のように、飛ぶ姿に注目した人がたくさんいたら、もっと歌に詠まれていたかもしれませんね。

◆全長：34〜37㎝（ハトぐらい）
◆留鳥または漂鳥

チドリ目・チドリ科

ケリ

異名：鳧々（けりけり）

近畿、中部地方では留鳥。局地的に繁殖地があり、特に太平洋側に多いといいます。それより北の地方は主に夏鳥、南は冬鳥になるそうです。田んぼのほか、干潟や川原にいることもあります。

脚が長くて、黄色いくちばしと黄色い脚以外は、地味な色合いなので、じっとしているとあまり目立ちません。ただ、鳴き声が「ケリ、ケリ」と鋭く聞こえてくるので、どこにいるかわかります。

▼ハトのようなオレンジ色の目をしています。正確にいうと、虹彩と呼ばれる瞳（ひとみ）のまわりの部分が赤いのです。でも、幼鳥の時は、黒い目です。

▼「鳧」という漢字は、本来はカモをさす字だといいます。ほかに、「計里」「水札」などの字が当てられてきました。

▼「鳧の子」という夏の季語もあります。田んぼの中など、地面に巣を作り、子育てをするので、ひなの姿も目につきやすいからでしょう。ケリをそのまま小さくしたようなふわふわの姿です。

▼ひながいると、親鳥たちはいっそう鋭く、けたたましく鳴きます。そんな時は、その場を離れて遠くから見守ってあげたいですね。

夏

白鷺【しらさぎ】

白いサギには、ダイサギ、チュウサギ、コサギなどがいます。みんな木の上に枝を集めて巣を作ります。

池神（いけがみ）の　力士舞（りきしまひ）かも
白鷺の　桙（ほこ）啄（く）ひ持ちて　飛び渡るらむ

――長忌寸意吉麻呂（ながのいみきおきまろ）『万葉集』巻第十六・三八三一

◇◇◇◇◇◇◇◇◇◇◇◇◇

訳　池の神が演じる力士舞でしょうか。
白いサギが桙をくわえ持って、
飛び渡っているのは……。

今も残る鷺舞

白いサギを見て、「白鷺」と呼ぶ人は多いでしょう。ですが、標準和名がシラサギという鳥はいません。一年をとおして真っ白なサギは、ダイサギ（大鷺）、チュウサギ（中鷺）、コサギ（小鷺）に分けられます。その名のとおり、大きさがそのまま名前になっているわけですね。

もちろん、万葉の時代はこれらの区別はありませんでした。

どの種も木の上に枝を集めて巣を作るので、繁殖期になると枝をくわえて飛んでいく姿がよく見られます。作者の意吉麻呂も、この姿を見たのでしょう。ただし、そのような絵を見て詠んだという説もあります。

「力士舞」というのは、渡来人によって伝えられたストーリーのある舞で、金剛力士[1]の仮装をし、桙を持って舞うのだそうです。サギが枝を運んでいる様子を、池の神様が力士舞を演じていると見立てたのですね。

そういえば、サギが神の使いだとする神社も少なからずあるようです。

1 金剛杵（こんごうしょ）という杵（きね）に似た形の武器を持って、仏法を守護する神。寺の門の左右に置かれる仁王像は金剛力士をかたどったもの。

各地に「鷺舞（さぎまい）」という伝統芸能も残っています。サギの作り物をかぶって舞う踊りです。そのサギの頭には、たいてい長い冠羽がついています。とすると、これはコサギの繁殖期の姿を映しているのかもしれません。繁殖期の二本の長い冠羽は、コサギの特徴です。

また、胸と背には、レースのような飾り羽があらわれます。この飾り羽は、ダイサギやチュウサギにも見られます。

ただでさえ純白の羽が美しいこれらのサギたちですが、やはり、恋の時期はひときわ美しくなるのですね。その飾り羽を目立たせるようにして求愛する様子は、まさしく舞っているようです。

この歌の場合も、どのサギかを特定することはできないのですが、金剛力士といえば仁王像のように大きなイメージ。とすると、一番大きなダイサギかもしれません。

白い鳥といえばサギだった

白鷺の歌は、『万葉集』では、この一首だけです。ですが、「白鳥(しらとり)の」という枕詞のついた歌が二首あります。「白鳥」と聞くと、ハクチョウを思い浮かべてしまいますが、これは、「鷺」や「飛ぶ」にかかる枕詞です。昔の人にとって、白い鳥といえば、サギの方だったのですね。また、飛んでいく姿もよく見かけたのでしょう。首をすくめてはばたく独特の飛び方も印象的です。

白鳥の　飛羽山松(とばやままつ)の　待ちつつそ
我が恋ひ渡る　この月ごろを

——笠女郎(かさのいらつめ)『万葉集』巻第四・五八八

訳　飛羽山の松ではありませんが、あなたを待ち続けて
ずっと恋心をつのらせてきました。この幾月もの間……。

この場合は、「飛」を含む「飛羽山」にかかっているだけで、特にサギをあらわしているわけではありません。でも、サギたちの集団ねぐらを連想してしまいます。

サギは、繁殖期以外でも、いくつかの種が集まって、木の上などをねぐらにするのです。それは、「鷺山」と呼ばれてきました。

今では、騒々しいとか、糞を落とすといって嫌われがちですが、神様の使いともいわれるサギがたくさん集まっているのですから、昔は大切にされたことでしょう。

雪足鷺足で歩く

白鷺は、その後も歌に詠まれ続けています。

白いサギ以外にも、アオサギ(蒼鷺)、ゴイサギ(五位鷺)なども身近にいるのですが、単に「鷺」というと、普通は白いサギをさしました。

さて、私たちにとって一番なじみ深いサギの姿は、水辺でじっとたたずむか、ゆっくりと歩きながらえさを狙っている姿ではないでしょうか。

おもだかや[2]　下葉にまじる　杜若(かきつばた)[3]
はなふみわけて　あさる白鷺

——藤原定家『風雅和歌集』[4]巻第三・二六一

訳　オモダカの花が咲いている。
下の葉の方には、カキツバタも交じっている。
その花を踏み分けながら、白いサギがえさをあさっているよ。

オモダカの小さな白い花と緑の葉、カキツバタの紫の花と、真っ白なサギのコントラストが鮮やかですね。

その上、オモダカやカキツバタが咲く時期は繁殖期と重なります。きっと、美しい飾り羽をなびかせて歩いていたことでしょう。もし、ダイサギなら、眼の先が美しい水色に変わっているはずです。

そんなサギが歩く様子を思い浮かべてみてください。水面から長い足

2　水田や浅い池などに生えるオモダカ科の多年草。葉はやじり型で、夏、白い三弁の花を咲かせる。夏の季語。

3　アヤメ科の多年草。湿地に群生し、初夏、アヤメによく似た紫色の花を咲かせる。夏の季語。

4　室町時代前期の十七番目の勅撰和歌集。

をそっとひき上げては、またそっと下ろし、静かに進んでいきます。

そういった歩き方を、「鷺足（さぎあし）」とか「雪足（ゆきあし）」というそうです。白鷺は、「雪客（せっかく）」ともいいました。ですから、雪足の「雪」も白鷺をさしているのだといいます。

それにしても、雪足と鷺足……。なんだか「抜き足差し足」に似ていますね。もしかしたら、これらが変化した言葉なのかもしれません。でも、「抜き足差し足」というよりも、「雪足鷺足」という方が、優雅な歩き方のような気がしませんか。

また、田楽舞（でんがくまい）[5]に使われる長い棒のことも、「鷺足」といいます。中ほどに横木がついていて、それに足をのせて踊るのだそうです。

そして、昔の子どもの遊び道具だった「竹馬（たけうま）」の別名も、「鷺足」。そういわれてみれば、馬よりもサギの方が近いように思えます。

これらの言葉からも、サギがいかに親しまれてきたかがうかがえるのではないでしょうか。

5 平安時代から行われた芸能。もとは田植えの際に歌い踊った。

鳥しるべ

◆全長：80〜104cm（カラスよりずっと大きい）
◆冬鳥、漂鳥

ペリカン目・サギ科

ダイサギ

異名：股白（ももじろ）、黄嘴（きはし）、雪客

普通、ダイサギは冬鳥ですが、ダイサギの亜種（同一種ではあるが、何らかの違いが見られるもの）に、少し小型のチュウダイサギ（中大鷺）と呼ばれる鳥がいます。こちらは夏鳥で、日本で繁殖します。

ちなみに、チュウサギは夏鳥。コサギは留鳥です。

それぞれ大きさが違うといっても、白いサギの識別は、意外と難しいのです。でも、そこがまた、楽しいところだともいえます。

▼ダイサギやチュウサギのくちばしは、冬は黄色。夏は黒くなります。「黄嘴」という異名は、黄色いくちばしということですから、冬の姿なのでしょう。またコサギのくちばしは一年中黒です。

▼ダイサギは、口角（上下のくちばしが合わさった部分）が、目の下よりも後方に伸びています。チュウサギやコサギは、目の下あたりまでです。

▼コサギは一年中、脚の指が黄色いので、見分けるのが容易です。

▼どのサギも、鳴き声は「ゴワー」とか「ガガァ」というような感じで、決して美しい声だとはいえません。

▼サギ類が飛ぶ時は、たいてい首をすくめて、脚を伸ばしています。

秋

夏鳥が去り、冬鳥が渡って来る季節です。
また、シギなどの旅鳥も、
日本に立ち寄ります。
シギは春にも飛来するのですが、
歳時記では秋の季語。
ただし、『万葉集』では、
春の歌に登場します。
『万葉集』に収録されている
秋の季語の鳥は、五種です。

雁【かり】

秋が深まると、群れをなして
渡ってくる雁。
夜明けには、ねぐらの湖沼から
いっせいに飛び立ち、
大空を鳴きながら飛んで行きます。
その声もまた印象的です。

秋の日の　穂田(ほだ)を雁がね
暗けくに　夜のほどろにも
鳴き渡るかも

――聖武天皇『万葉集』巻第八・一五三九

◇◇◇◇◇◇◇◇◇◇◇◇◇

訳

秋の日の穂が出そろった田んぼを、
雁がまだ暗いのに、明け方近く
鳴き渡って行くなあ……。

全国に飛来していた雁

雁の歌も、たくさん詠まれてきました。ホトトギスには及びませんが、『万葉集』では二番目。そして『万葉集』以降も、変わらず詠まれ続けました。

ところで、雁というのはカモ科の鳥の中でも大型の、ガンの仲間の総称です。彼らは、十月頃、日本に渡ってきて冬を越します。ちょうど稲刈りの時期ですね。

この歌でも、「刈り」と「雁」をかけています。穂が出そろった田んぼを刈るという情景も浮かんでくるわけです。昔は、日本全国に雁が飛来したといいますから、刈り入れ時の田と、雁が飛ぶ空は、日本の原風景といえるのでしょう。

さて、雁が特定の鳥をさすわけではないといっても、その代表はマガン（真雁）です。

飛来地では、たいてい群れで行動し、夜が明ける頃、いっせいにねぐらから飛び立ちます。そして、いくつかの小さな群れに分かれ、三々五々、えさを求めて飛んでいくのです。

聖武天皇は、このような情景を見たのでしょうか。

マガンは飛ぶ時にもねぐらでもよく鳴きます。その声を「雁が音（かりがね）」と呼びました。秋の冴えた空気のせいか、感傷的になる季節のせいか、昔の人々には悲しい声に聞こえることが多かったようです。

やがて「雁が音」は、雁そのものをさすようにもなります。和歌では、どちらかというと「雁が音」の方が好まれたようです。

漢字も「雁」と書いて「かりがね」と読ませたり、「雁金」と書いたりすることもありました。

のちには、マガンよりひとまわり小さな別の種を「カリガネ」と呼んで分類するようになります。これは江戸時代頃からのようです。少なくとも、万葉の時代から平安時代には区別はなく、大型のヒシクイ（菱喰・鴻）なども含めて雁と呼んでいたぐらいです。

「雁」も鳴き声から

「雁」という名前の語源は、鳴き声からきているといわれます。飛びながら鳴く声を、昔の人は「カリ、カリ」と聞いたのでしょう。なるほど、群れで鳴くことが多いので、「カリ」が反響しているような感じに聞こえてきます。

ぬばたまの　夜渡る雁は　おほほしく
幾夜を経てか　己が名を告る

——作者未詳『万葉集』巻第十・二一三九

訳　真っ暗な夜を渡って行く雁は、心細そうに、
どれほどの夜を経て、自分の名前をなのっているのだろうか。

マガンは家族単位で行動するそうです。

ですが昼間でも、たまに一羽が鳴きながら飛んでいくのを見ることがあります。群れからはぐれたのでしょうか。その声は心細げです。まして夜ならなおさらでしょう。

早朝飛び立ったマガンの群れは、日が暮れる頃、またねぐらの湖や池にもどってきます。そして、ねぐらの上空に来ると減速し、舞い落ちるように着水するのです。

この様子はのちに、「落雁（らくがん）」と呼ばれるようになりました。

編隊を組んで飛ぶ

雁が群れで移動する時は、編隊を変えながら飛びます。きれいなV字型になったり、一列になったり……。時には数羽で、時には大空いっぱいに広がって飛んで行く雁を、かつては「棹（さお）になれ、鉤（かぎ）になれ」とはやしながら眺めたそうです。

このように雁が隊列をなして飛んでいくことを「雁行（がんこう）」といいますが、

優雅な表現では「雁の琴柱」ともいいました。琴柱とは、お琴の胴に立てて弦を支え、音程を調節するための駒のことです。なんとうまいたとえでしょう。

カモ類でも編隊を組むことがありますが、雁のスケールと美しさには遠く及びません。

憂きことを　思ひつらねて
かりがねの　鳴きこそわたれ　秋の夜な夜な

——凡河内躬恒『古今和歌集』巻第四・二一三

訳　つらいことをひとつひとつ思い連ねて、雁は鳴き渡っていくんだ。秋の夜ごと夜ごとに。

連なって飛ぶ姿が印象的な雁。その一羽一羽を、つらい思いのひとつひとつに感じて眺めたのですね。

そういえば、露のことを「雁の涙」とも呼びました。朝晩、冷え込むことの多い季節。露も降りやすくなります。それを雁のこぼした涙にみたてたというわけです。

雁が手紙を運んだ故事

雁には、こんな故事があります。

中国・前漢の時代に蘇武（そぶ）という名将がいました。彼は皇帝の使者として、北方の匈奴（きょうど）に派遣されます。ところがそのまま捕らえられてしまいました。長い苦労の末、彼は南に渡る雁の足に手紙をくくりつけます。その手紙が奇跡的に皇帝に届き、故郷に帰れたというのです。

ここから、手紙のことを「雁書（がんしょ）」、あるいは「雁の使い」「雁の便り」「雁の玉章（たまずさ）[1]」などと呼ぶようになりました。

この故事は、多くの人に知られていたようで、和歌にもよく詠みこまれています。

1 古くは、便りを運ぶ使者は、梓（あずさ）の杖（つえ）を持っていた。その使者のことを、美称の「玉」をつけて「玉梓（たまあずさ）」と呼んでいたのが変化して「たまずさ」となり、転じて手紙をさすようになった。

常陸さし　行かむ雁もが
我が恋を　記して付けて　妹に知らせむ

――物部道足『万葉集』巻第二十・四三六六

訳　常陸に向かって飛んで行く雁がいたらなあ。
私の恋心を書いて託して、妻に知らせたい。

物部道足は防人でした。雁を見るたびに、遠く離れた妻に思いを伝えたいと思ったのですね。

もちろん防人ではなくても、彼と同じ思いで雁を眺めた人は多かったようです。

心待ちにされた初雁

秋に渡ってきた雁は、春になると北国へ帰っていきます。昔の人は、春に帰っていく雁を「帰雁（きがん）」と呼び、「雁の別れ」「雁の名残」といって見送りました。そしてまた、秋にやってくる「初雁（はつかり）」を心待ちにしたのです。

和歌などでは、秋と春、ふたつの季節の景物として詠われてきた雁。「二季鳥（ふたきどり）（にきどり）」という異名は、ここからきたのでしょう。

春設（ま）けて　かく帰るとも
秋風に　黄葉（もみぢ）の山を　越え来（こ）ざらめや

——大伴家持『万葉集』巻第十九・四一四五

訳　春になって、このように帰って行ったとしても、
秋風に黄葉（こうよう）する山を、越えて来ないことなどないよね。

まるで約束でもしたかのように、秋風が吹くと、渡って来てくれた雁。それなのに、黄葉の山を越えてきても、いつしか日本には降り立つ場所がなくなってしまいました。雁が飛来するには、えさ場となる水田や、ねぐらとなる湖沼が必要だからです。

2 平安時代中期の漢和辞書。略して『和名抄』とも。歌人でもある源順（みなもとのしたごう）の著。

ところで、『和名類聚抄』[2]には、「鴻雁」の和名を「かり」とし、「大なるを鴻といい、小なるを雁という」とあります。

ガン類の小さい方の代表がマガンなら、大きい方の代表はヒシクイです。「鴻」と書いて「ひしくい」とも読みましたし、「鴻」と読んでもヒシクイをさしました。

各地に残る「鴻」のつく地名は、ヒシクイが飛来していたことを物語るものなのでしょう。

中国から伝わった『礼記』[3]の「月令」[4]などに「鴻雁来賓」[5]とあることから、雁は「来賓」とも呼ばれました。これ以上、大切なお客様である鴻雁たちの飛来が減ってしまいませんように。

3 中国古代の儒教の経典のひとつで、礼（れい）の規定や精神を記した書物。

4 月々に行われる政事や儀式などを記録したもの。特に『礼記』の中の「月令」は、月ごとの風物と祭祀（さいし）を示した中国最古の歳時記のひとつとされ、単に「月令」というと、『礼記』の「月令」をさすことが多い。

5 のちに、二十四節気をさらに三等分して、季節の目安とした七十二候にも採用された。

カモ目・カモ科

マガン

異名：雁が音（雁金・雁とも）、二季鳥、来賓

現在では、宮城県や秋田県など、特定の飛来地に集中して渡ってきます。何万羽というガン類が、日の出とともにいっせいにねぐらを飛び立つ光景は、たとえようもないほど感動的です。ですが、あまりに一か所に集中してしまうと、かえって絶滅の危機が増すなどさまざまな弊害が予想されるので、分散をうながす取り組みが図られています。

昼間は、田んぼなどに群れて、落穂などを食べています。

▼警戒心が強く、近寄ると、いっせいに飛び立ちます。

▼ヒシクイとともに、国の天然記念物に指定されています。また、現在マガンは準絶滅危惧種、ヒシクイは絶滅危惧II類です。

▼雁は渡ってくる時、海の上に浮かべて休むための木切れを、それぞれがくわえてくると信じられていたそうです。秋に浜辺に落としておいて、春、また拾って帰っていくのだと。浜辺に木切れが落ちていると、それは命を落とした雁のものだとして、拾い集め、それを燃やして風呂を焚いたとか。「雁風呂（がんぶろ）」「雁供養（かりくよう）」といって、春の季語になっています。

◆**全長：**65〜86㎝（カラスよりずっと大きい）

◆冬鳥（北海道では旅鳥）

秋

鶉【うずら】

かつては草深いふるさとの象徴だったウズラ。
今でも草むらの中に隠れるように暮らしているようです。

天なるや　神楽良の小野に
茅草刈り　草刈りばかに　鶉を立つも

——作者未詳『万葉集』巻第十六・三八八七

訳　天にある神楽良の小野にある
チガヤを刈ったり、カヤを刈ったりする場所で、
ウズラをぱっと飛び立たせるよ……。

這い回るウズラ

みなさんよくご存じのウズラ。とはいえ、「ウズラって野鳥だったの」と思われた方もおられるのではないでしょうか。

ウズラが家禽として飼われるようになったのは江戸時代。卵をとるために飼育され始めたのは明治の中頃だといいます。

今でも野生のウズラはいるにはいます。ただ、大変少なくなってしまいました。でも、昔はたくさんいたようです。

「鶉なす」という形で、枕詞としても使われてきました。「鶉なす」は、ウズラのようにという意味で、「い這ひもとほり」[1]にかかります。草むらの地面を這い回って生活しているからでしょう。『万葉集』のウズラの歌は長歌も含めて七首。そのうち二首に、ウズラのように這い回ってお仕えするという表現が出てきます。

キジの仲間ですが、尾がほとんどないので、全体にまあるい感

1 「い這ふ」の「い」は接頭語。「もとほる」は、回る。あわせて、這い回るという意味。

じです。まるでうずくまっているようなその姿に、かしこまってお仕えするイメージが重なったのかもしれません。

ふだんは草むらにじっと隠れています。ところが、危険が迫ったり驚いたりすると、冒頭の歌のように、ぱっと飛び立つのです。

そんなウズラは、近年まで、キジと並ぶ代表的な狩猟鳥でした。

草深い場所の象徴

ウズラがたくさんいた頃は、鳴き声もおなじみだったのでしょう。

鶉鳴く　古(ふ)りにし郷(さと)の　秋萩を
思ふ人どち　相見つるかも

——作者未詳『万葉集』巻第八・一五五八

訳　ウズラが鳴くようなふるさとの秋萩を、
気心の知れた者同士でいっしょに見ることができたねえ。

「鶉鳴く」も枕詞になっています。草深い古びたところで鳴くので、古びるという意味の「古る」を導きました。『万葉集』では四首に用いられ、この歌のように「古りにし郷」、あるいは「古家（ふるへ）」などにかけて詠まれています。昔は「ふるさと」というと、さびれて草が生い茂った場所という印象だったようです。

『伊勢物語』[2]に、こんな話があります。

ある男が、深草[3]の女性のもとに通っていたけれど、愛情が薄れてきて、「年を経て すみこし里を いでていなば いとど深草 野とやなりなむ」[4]という歌を送ります。その返しが、

野とならば　鶉となりて　鳴きをらむ
かりにだにやは　君は来ざらむ

——よみ人知らず『伊勢物語』第百二十三段

2 平安時代前期の歌物語。作者は不明。現存する歌物語の中で最古の作品。在原業平と思われる男の恋物語を中心に描かれる。

3 京都市伏見区北部にある現存する地名。

4 訳…長い年月通い住んだこの里を私が出ていってしまったら、ただでさえ深草というのに、いっそう草深い野になってしまうだろうか。

訳　ここが荒れ果てた野になってしまったら、
私はウズラになって鳴いて暮らしましょう。
仮にも、あなたが狩りに来てくれるでしょうから。

という歌。一途な女心と、しみじみとしたあわれさが、多くの人の共感を呼んだのでしょう。『古今和歌集』にも収録されています。

『万葉集』では、初夏に咲く橘の花といっしょに詠まれたりもしていますが、平安時代には秋の季節感が定着していきます。この歌の情感が影響しているようです。

「うずら」の語源説はたくさんあるのですが、その中に、鳴き声が「憂く辛い」ので「うづら」になったという説があります。

いずれにしても、これ以上、ウズラが、憂く辛い思いをしなくてすみますように。そして、荒れたふるさとではなく、なつかしく豊かなふるさとの象徴であってくれますように……。

キジ目・キジ科

ウズラ

土や枯草と同じような色をしていて、もともと目立たないのですが、現在では、野生種を目にすることも鳴き声を聞くことも稀になりました。絶滅危惧Ⅱ類にも指定されています。

現在、日本で飼われているウズラは、ほとんどが、大正時代の中頃に、飼いウズラから作り出された系統だそうです。

近年では、オスのさえずりを、「アジャパー」と聞くようです。

異名：小花鳥（こばなどり）

▼平安の歌人には、もの悲しく聞こえた声ですが、江戸時代の武士たちは「御吉兆（ごきっちょう）」と聞きなし、縁起がいい、勇ましいといって好んだとか。鳴き声の優劣を競う「鳴き合わせ」も盛んに行われたといいます。

▼メスは「ピピッ、ピピッ」と鳴きます。

▼「憂く辛い」のほかの語源説は、「うづ」は「うづくまる」の語幹、「ら」は接尾語という説、「埋（うず）み有る」が変化したという説、冬、北から南方へ移動することから「うつら鳥」の略という説などがあります。

▼春の季語に「麦鶉（むぎうずら。麦が青々と伸びる晩春頃のウズラ）」、夏の季語に「鶉の巣」があります。

◆**全長：**20㎝（ムクドリより小さい）

◆漂鳥または夏鳥

獦子鳥【あとり】

この歌は「鳧」（86ページ参照）のところでも紹介した歌です。
ここでは、別の解釈で訳してみました。

国巡る　獦子鳥感けり　行き巡り
帰り来までに　斎ひて待たね

——刑部虫麻呂『万葉集』第巻二十・四三三九

訳　国を飛びまわるアトリに心を寄せて、
任地を行き巡って帰ってくるまで、
どうか身を慎んで待っていておくれ……。

集まる鳥

アトリが詠まれた歌は一首だけ。その上、『万葉集』の後も、ほとんど詠まれていません。昔はあまりいなかったのでしょうか。

いいえ、そうでもないのです。

『日本書紀』[1]には、天武天皇の時代に二度、アトリが天をおおって飛んでいったという記述があります。

「あとり」という名前の語源も、集まる鳥という意味の「集鳥（あっとり）」が変化したといわれます。ほかに、秋になると渡ってくるので「秋鳥（あきとり）」が変化したという語源説もありますが、平安時代の辞書である『和名類聚抄』でも、「この鳥、群飛（ぐんひ）して列卒（れっそつ）[2]の山林に満つるが如し」とアトリを説明しています。

当時の狩りは、列卒、つまり狩り子を大勢動員して行われたようです。アトリが群れ飛ぶ様子は、狩り子が山林に満ちているようだというので

1 日本で最初の、天皇の命による歴史書。

2 狩りの時に獲物をかりたてる人夫たちのこと。狩り子ともいう。

す。それほど、大群で飛ぶ印象が強い鳥だったということがわかります。

この歌の作者・刑部虫麻呂は防人。辺境の地を転々とする自分を、小さな鳥の群れの一員になぞらえたのかもしれません。また、アトリの群れにまぎれて、飛んで帰りたいと願ったのかもしれません。

さて「獦子鳥」と、難しい漢字が当てられていますね。「獦(かつ)」は想像上の獣だそうです。なんでも狼(おおかみ)に似て、頭が赤く、目は鼠(ねずみ)、声は豚だとか。また、狩りをあらわす字としても使われたので、「狩り子」をあらわしているとも考えられます。ちなみに『日本書紀』では、「臘子鳥」となっていました。「臘」は、獣の肉をいう場合にも使います。

いずれにしても、アトリは近年まで狩猟鳥でした。長い間、日本人にとっては、歌を詠む対象ではなく、食料として映っていたのでしょうか。

アトリは、よく見ると美しい鳥です。「花鶏」とも書くのは、木にとまっている様子が、花が咲いたように見えるからだといいます。そんなアトリに、唯一(ゆいいっ)心を寄せた刑部虫麻呂には、喝采を贈りたい思いです。

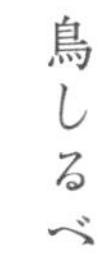

スズメ目・アトリ科

アトリ

異名：あっとり、臘嘴鳥（ろうしちょう）

秋に、シベリア方面から大きな群れで渡ってきます。多い年には、何千羽、何万羽という大群になることも。年によって、多い年と少ない年がありますが、近頃では、大群が見られることは少なくなっているともいわれます。

　大群とまではいかなくても、数十羽の群れで木にとまっていたり、地面に下りてえさを食べたりしている様子は、比較的見る機会が多いのではないかと思います。

▼オスは、冬と夏とでは、羽の色が少し変わります。夏は頭の色が黒くなるのです。北へ帰っていく前頃には、夏羽になっている姿を見られるかもしれません。メスは、全体的にオスよりも淡い色合いです。

▼江戸時代、秋の季語になって、ようやく句や短歌に詠まれるようになりましたが、やはり、捕らえられたり食べられたりするアトリを詠んだものが多かったようです。近代でも、そのような句や歌がみられます。

「小苦きもあはれに木曾の獦子鳥かな」松瀬青々（まつせせいせい）

「みすずかる信濃の獦子鳥焼きにけり夜の炉辺（ろへん）に旅を思（も）ひつつ」吉井勇

◆**全長：**16㎝（スズメより大きい）

◆冬鳥

百舌鳥

【もず】

「キィー、キキキキィー」。
秋になると、
モズのけたたましく鋭い声が
響き渡ります。
「高鳴き」と呼ばれ、古くから、
季節を知る目安とされてきました。

秋の野の　尾花が末に
鳴く百舌鳥の　声聞きけむか
片聞け吾妹

――作者未詳『万葉集』巻第十・二一六七

◇◇◇◇◇◇◇◇◇◇◇◇◇

訳
秋の野のススキの穂先で鳴く
モズの声を聞いたかい。
しっかり聞きなさいよ、おまえ……。

秋に高鳴きをする

秋が来ると、モズは目立つ場所にとまり、鋭い声で鳴きます。この歌のように、ススキの穂先で鳴くこともあるでしょう。鳴くというより叫ぶといった方が合っているかもしれません。

これはなわばり宣言の声。「モズの高鳴き」と呼ばれ、本格的な秋到来の目安とされてきました。空気も澄みきってくる頃。高くなった青空に、鋭い高鳴きがいかにもふさわしく感じられます。

さて、冒頭の歌にある「片聞」の解釈はいろいろあるようです。普通、「片」という接頭語は、動詞の前につくと、ひたすらという意味になるので、ここではそれを採用しました。

とはいえ、モズはよくとおる声で、何度も高鳴きをします。それほど熱心に耳を傾けなくても聞こえると思うのです。わざわざ、しっかり聞けというには、何か特別な理由でもあるのでしょうか。

そういえば、「モズの高鳴き七十五日」ということわざがあります。モズが高鳴きをしてから七十五日目に初霜が降りるというのです。それをふまえて、冬支度の心構えをうながしているのかもしれません。

また、ふたりは離れ離れに暮らしていたとしたら、「こちらでは、モズの高鳴きを聞いたよ。まだなら、もうすぐ聞こえるかもしれないから、よく聞いていて」という感じでしょうか。

「吾妹」は、妻や恋人などに、親しみをこめて呼びかける言葉。いよいよ秋めいてくる季節を、ふたりで共有したい……。そんな思いを伝えたかったのではないかとも考えられます。

思えば、聞く耳を持たなければ、それほど小さな音ではなくても聞こえません。モズは、現代でも意外と身近なところで鳴いているのです。それに気づかない現代人に送る歌としても、通用しそうですね。

そうそう、相手が男性なら、最後を「吾背（わがせ）」[1]に替えなくてはいけませんが……。

1 女性が、夫や恋人など、親しい男性に対して、呼びかける言葉。

突然姿を消す？

モズも、あまり歌には詠まれてこなかった鳥です。『万葉集』では二首だけ。そのうちのもう一首を紹介しましょう。

春されば　もずの草潜き　見えずとも　我は見遣らむ　君があたりをば

――作者未詳『万葉集』巻第十・一八九七

訳　春になるとモズが草に潜んで見えなくなるように、あなたが見えなくなっても私は眺めていよう。あなたの家のあたりを。

「草潜き」は、「かやぐき」とも「くさぐき」ともいいます。

モズは、早春から繁殖が始まります。そして、ひなが巣立つと、今度は山に移動します。急に姿が見えなくなるモズを、昔の人は、草の中にもぐって隠れたのだと思ったようです。これを、「モズの草潜き」と呼びました。

「潜く」は、くぐるという意味の古語。『万葉集』では、ウグイスが繁みを飛び潜くとか、ホトトギスが木の間に立ち潜くなど、よく使われています。

さてモズには、高鳴きのほかに、もうひとつ独特な鳴き方があります。さまざまな鳥のものまねをしながらさえずるのです。次から次へとたてつづけに、まるで、ものまね独演会をやっているようです。

「百舌鳥」と書くのも、ここからきています。また、「もず」の語源も、「す」は鳥をあらわす接尾語。「も」は、たくさんの鳥をあらわす「百」だといわれます。

モズは、スズメより少し大きいぐらいの鳥ですが、タカのようなくちばしをしています。しかも、オスは眼を通るラインが黒く、一見、すごみのある顔つきです。そんなモズが、何食わぬ顔でものまねをするのですから、思わず笑ってしまいます。

このさえずりは、春先にも秋にも聞かれます。

捕まえた獲物を突き刺しておく

秋から冬にかけて、モズはほかにも独特の習性を見せます。カエルやトカゲ、虫、ネズミ、鳥など、さまざまな生き物を、尖った枝などに突き刺しておくのです。

これらは、モズが自分で捕らえた獲物。「小さな猛禽（もうきん）」とも呼ばれるように、モズは狩りをし、それらを食べて生きています。

突き刺した獲物は、昔から「モズの速贄（はやにえ）」、「モズの贄刺し（にえさし）」などと呼ばれてきました。「贄」は貢ぎ物やいけにえのこと。「速」は、急ぎの、あるいは、初物の供え物だといわれます。

また、室町時代頃から「草潜き」も、速贄と同じ意味でも使われるようになります。「潜く」が使われなくなり、次第にもとの意味がわからなくなってしまったからかもしれません。

2 正治二（一二〇〇）年に、後鳥羽院が命を下して廷臣や女房に詠進させ、自らも試みた百首和歌。院も含めた二十三人の歌人がそれぞれ百首を詠じている。

秋の野の　もずの贄刺し　いかならん
露吹結ぶ　夕暮の風

——藤原範光『正治二年院初度百首』2

訳　秋の野のモズの速贄はどうなるのだろう。
　　露か結ぶように吹きつける夕暮れの風で。

速贄になった獲物が、吹きすさぶ風にさらされている姿は、なんともあわれです。

昔の人も、そんな速贄を不思議に思って見ていたのですね。

時には、自分よりも大きな獲物を突き刺していることさえあります。あの小さなからだのどこに、これほどの猛々しさを秘めているのでしょう。

さて、藤原範光が抱いた疑問ですが、この速贄はどうなるのでしょう。どうにもならずに、ずっと残っている場合もあります。

かつては、あとで食べようと思って忘れてしまったのだとか、なわばりが豊かだということを示しているなど、さまざまな説が取りざたされました。

ですが、最近の研究によると、干からびてしまおうと、カビだらけになろうと、繁殖期までに食べてしまうのだそうです。そして、速贄をたくさん食べたオスほど、繁殖に有利になるらしいというのです。

まだ研究段階だということですが、今後、どんな発見があるか、楽しみですね。

めぐる季節を感じさせてくれるモズ、獰猛（どうもう）なモズ、ひょうきんなモズ、まだまだ不思議がいっぱいのモズ……。出せる声だけでなく、性質もまた多種多様です。

スズメ目・モズ科

モズ

異名：反舌（はんぜつ）、鷯音鳥（ささらおとどり）、伯労（はくろう）

◆全長：19〜20㎝（スズメより大きい）
◆留鳥または漂鳥

普通は、秋に里に下りてきて、夏には高地に移動するのですが、移動しない個体もいるのだとか。また、北国のモズは、秋になると南の地方に移動するそうです。

　秋の季語にもなっているように、やはりこの季節が、最もよく目につきます。高鳴きが聞こえる方向を見れば、目立つ場所にとまっているモズの姿が見つかるでしょう。からだの割に、頭が大きく見えるところも、愛嬌がある感じです。

▼先端がかぎ型になった、タカのようなくちばしが特徴です。

▼木の枝などにとまっている時は、よく、尾をくるくると8の字を描くように回しています。

▼オスは、眼を通る線が黒く、羽の両側に白く小さな斑点があることで見分けられます。メスは眼を通る線が茶色で、全体にオスよりも薄い色合いです。

▼異名の「反舌」は、舌を反り返らせて鳴くといわれることから。「鷯音鳥」の「鷯」は、日本の民族楽器。地鳴きの声はこの音に似ているかも。「伯労」は漢名。

▼漢字は「百舌鳥」のほかに、「伯労」「伯労鳥」「鵙」とも書きます。

鴫【しぎ】

シギ類の多くは、春と秋の渡りの際に、日本に立ち寄る旅鳥。歳時記では秋の季語になっています。

春まけて　もの悲しきに
さ夜更けて　羽振（はぶ）き鳴く鴫　誰（た）が田にか住む

――大伴家持『万葉集』巻第十九・四一四一

訳　春になって、もの悲しいのに、
夜更けに羽ばたきながら鳴くシギは、
誰の田んぼに住んでいるんだろう……。

雷鴫と呼ばれるシギ

シギ科の鳥ならいますが、「シギ」という名前の鳥はいません。

普通シギ科の鳥の特徴といえば、まずくちばしが長いことがあげられます。それでも、横顔の幅と同じぐらいの長さしかないものから、四、五倍はあろうかというものまでいます。また、大きさもスズメ大からカラスより大きいものまであり、その生態もさまざまです。

大伴家持がこの歌に詠んだシギは、どんなシギだったのでしょう。いろいろな説があるのですが、私は、オオジシギ（大地鴫）ではないかと思っています。

この歌には、春の夜更けに羽ばたきながら鳴く様子が詠まれていますね。じつは、「飛び翔る鴫を見て作れる歌一首」という題もついているのです。

「飛び翔る」とあるからには、空高くかけめぐるような飛び方だということになるのではないでしょうか。このような飛び方をしながら鳴くと聞いて思い浮かぶのが、オオジシギのディスプレイフライトです。

オオジシギは、繁殖期になると鳴きながら大空を飛びまわり、飛行機の爆音のような音を鳴らして急降下します。これを繰り返しながら求愛するのです。そのけたたましい音と稲妻のような飛び方から、「雷鴫（かみなりしぎ）」という異名もつきました。

この歌は天平勝宝二年三月一日に作られたこともわかっています。西暦に直すと、四月十一日。ちょうどオオジシギの繁殖期が始まる頃です。しかも、この歌を作った時、大伴家持は越中の国司として赴任中でした。本州中部以北で繁殖が確認されていますから、十分可能性があるといえます。

ディスプレイフライトが行われるのは、主に早朝と夜。旧暦の三月一日といえば、新月になりますから、夜更けは真っ暗だったでしょう。でもこれほどの飛翔ですから、鳥影が見えたのでしょうね。

求愛の鳴き声も、「ズビャーク、ズビャーク」と独特です。家持のもの思いを妨げるのも無理ありませんね。

西行の歌の影響

多くのシギ類は、春と秋の長い渡りの途中で、日本に立ち寄る旅鳥です。歳時記では、秋の季語になっていて、春のシギは「戻り鴫」「帰り鴫」などと呼びます。

ですが、「大地鴫」「雷鴫」だけは、夏の季語なのです。繁殖の最盛期を、季語として採用したのでしょうね。

『万葉集』のシギの歌はこの一首だけ。家持は春の歌として詠んでいるわけですから、秋の章で紹介するのは違和感があるかもしれませんが、シギを紹介する項目として、季語のとおりに分類することにしました。

それにしても、どうして秋の季語になったのでしょう。

これには、有名な西行の歌が、大きく影響しているといいます。

心なき　身にもあはれは　しられけり
しぎ立つ沢の　秋の夕暮

——西行『新古今和歌集』[1] 巻第四・三百六十二

訳　もののあわれを解しない私のような出家の身にも、しみじみと心にしみ入るなあ。シギが飛び立つ沢の秋の夕暮れは。

1　鎌倉時代初期、後鳥羽院の命で編纂された八番目の勅撰和歌集。

夕暮れ時のもの寂しい風情と、秋のしっとりとした情緒がとけ合うように重なった名歌です。

さて、ここで詠まれているシギは何でしょう。この歌の場合は、情報が少なすぎます。それに、よくわからない方が味わい深いような気がします。

そもそも、夕闇に飛び立ったシルエットだけで何かを判別できるのは、よほどの達人。シギ類とチドリ類を合わせて「シギチ」といい、識別することが難しい鳥ということで知られているのですから。

チドリ目・シギ科

オオジシギ

異名：雷鴫

場所によっては、春や秋に通過する際に見られることもあります。とはいえ、主な繁殖地は北海道。その上、現在、準絶滅危惧種に指定されているほどですから、姿を見るのは難しいかもしれません。

また、地鴫（じしぎ）類は、くちばしが大変長いわりには、地味な印象です。羽の色が、地面と同じような濃い茶色をしていて、ふだんはあまり動かないからでしょう。何だか、ものいいたげな目をしています。

▼オオジシギは、大きな地鴫という意味です。地鴫というのは、干潟や河口には出ないで、内陸の水田や草原にいるシギのこと。オオジシギのほかに、タシギ（田鴫）、ハリオシギ（針尾鴫）、チュウジシギ（中地鴫）などがいます。この中で、一番大きいのがオオジシギです。

▼「鴫」は国字。田んぼの鳥ということで、まさに地鴫をさしています。地鴫の外見はどれもよく似ていますが、その代表・タシギは、全国で見られます。

▼一方、「鷸」は、中国から伝わった漢字。地鴫以外の、干潟や河口のシギに対して使われます。ハマシギ（浜鷸）、キアシシギ（黄脚鷸）、チュウシャクシギ（中杓鷸）など。多くの種類が群れで飛来します。

◆**全長**：28〜33cm（ムクドリより大きい）

◆中部地方の高原と青森県以北で夏鳥、他の地域では旅鳥

冬

冬の水辺には、
さまざまな種類のカモたちが集います。
季語には、こうしたカモの仲間のほかに、
ツルやタカの仲間なども加わります。
目につきやすい鳥が多いせいか、
『万葉集』では、冬の季語になっている鳥が、
十二種も詠まれています。

鶴【たづ】

『万葉集』からは、
日本各地にツルが飛来していたことがうかがえます。
そのほとんどが
鳴き声を詠ったもの。
秋から冬には、
いつも声が聞こえたのでしょう。

若の浦に　潮満ち来れば　潟を無み
葦辺をさして　鶴鳴き渡る

——山部赤人『万葉集』巻第六・九一九

◇◇◇◇◇◇◇◇◇◇◇◇◇

訳

若の浦に潮が満ちてくると、
干潟がなくなるので、葦のほとりをめざして、
ツルが鳴きながら渡って行くよ……。

全国に飛来していた「たづ」

ツルは、『万葉集』では、鳥の中で四番目に多く詠まれています。とはいえ歌の中では、「つる」ではなく、「たづ」になっています。「つる」という呼び名がなかったわけではないようです。たとえば「嘆きつるかも（嘆いたことだなあ）」と書くのに、「嘆鶴鴨」という漢字を当てていたりするからです。そこから、「たづ」（現代仮名遣いでは「たず」）は歌語[1]、「つる」は俗語[2]だとされてきました。

また、ほとんどが、鳴き声を詠ったものばかりです。

ツルの鳴き声は、「クルゥクルゥ」と、よく響く大きな声。「鶴のひと声」などといいますね。実際は、ひと声どころか、結構よく鳴きます。ツルは家族単位で行動し、お互いによく鳴き交わすのです。

この歌もきっとそう。干潟でえさをとっていたツルたちが、潮が満ちてきたので、そろって飛び立ったところを詠んだのでしょう。

1 主として和歌に用いられる言葉や表現。

2 歌語に対して、日常的に用いられる言葉。

「若の浦」は、現在の和歌山県、和歌の浦のことです。今もユリカモメやシギ、チドリなどが飛来するようですが、ツルは見られません。

ほかにも、『万葉集』では全国各地のツルが詠まれています。

今では限られた場所でしか見られないツル。ですが、かつては日本じゅうに飛来していたのですね。そう思うと寂しい気持ちになります。

めでたい時は「つる」

平安時代になると、少しずつ「つる」も使われるようになります。

おもしろいのは、松や千歳（ちとせ）などといっしょに詠まれるような祝賀の歌の場合には、「つる」を用いるということです。

蒲生野（がまふの）の　玉の緒（を）山に　住む鶴（つる）の
千とせは君が　御代（みよ）の数なり

——よみ人しらず『拾遺和歌集』巻第五・二六五

訳 蒲生野の玉の緒山に住んでいるツルの千年の寿命は、
そのまま我が君の御代の年数ですよ。

これは、光孝天皇の大嘗会[3]に際して詠まれた歌です。

「鶴は千年、亀は万年」といって、ツルは今でも長寿の象徴であり、おめでたい鳥ですね。でも、『万葉集』では、そういった歌はいっさいありません。ツルが鳴いている様子を詠ったものか、その声を聞いて故郷を思い出したり、恋しい人への思いをつのらせたりするものばかりです。

そもそも「鶴は千年」は、古代中国の『淮南子』[4]などに由来する言葉。当時、漢文を読み下す時には、「つる」という習慣があり、中国文化の影響が広がるにつれて、和歌にも「つる」が登場し始めたようです。

もちろん、ツルは千年も生きることはありません。野鳥の寿命を知るのは大変難しいのでよくわかっていませんが、長くても三十年以下だろうといわれています。

3 天皇が即位して初めて行う新嘗祭（しんじょうさい）のこと。新嘗祭は、「にいなめさい」ともいい、その年初めて収穫した穀物を、神に供え、みずからも食する儀式。

4 前漢の劉安（りゅうあん）が編纂した百科全書風の思想書。

ハクチョウもコウノトリも含まれていた

さて、日本で見られる主なツルの仲間は、タンチョウ（丹頂）、マナヅル（真鶴・真名鶴）、ナベヅル（鍋鶴）などに分類されています。

ところが「たづ」は、ツルの仲間だけをさしていたのではなかったようなのです。

たとえば「鵠」は、ハクチョウ（白鳥）をさす漢字。「くぐい」と呼ばれてきました。ですが『万葉集』では、この字を使って「たづ」と読ませている歌があります。一説によるとこれは、ハクチョウを詠んだ歌ではないかというのです。

磯の崎　漕ぎ廻(た)み行けば
近江(あふみ)の海　八十(やそ)の湊(みなと)に　鵠(たづ)さはに鳴く

——高市黒人(たけちのくろひと)『万葉集』巻第一・二七三

訳　磯の崎を漕ぎまわっていくと、琵琶湖（びわこ）のたくさんの川口に、
ハクチョウがしきりに鳴いているよ。

今でも、琵琶湖の北部には、主にコハクチョウ（小白鳥）が渡ってきます。ハクチョウ類もツル類と同じように、家族単位で行動し、よく鳴き交わしますので、こんな情景に出合えるかもしれませんね。

また、平安時代になると、ツルは松と共に詠まれるようになったといいましたが、『土佐日記』[5]には、松の枝ごとにツルが飛びまわっているのを見て詠んだという歌があります。

見わたせば　松のうれごとに　すむ鶴は
千代のどちとぞ　思ふべらなる

――紀貫之『土佐日記』

5　平安時代中期の旅日記。紀貫之著。

6 鳥の足の指のうち、いわば人の親指に相当する指。第一趾ともいい、普通、うしろ向きについている。

訳 見渡すと、松の梢ごとに住んでいるツルは、
松のことを千年も変わらぬ仲間だと思っているようだ。

ところがツルは、枝にとまることはできません。後趾（こうし）[6]が小さいので、しっかりとつかむことができないのです。それに対して、コウノトリ（鸛）は、松林をねぐらや営巣場所にします。『土佐日記』の場合は、ツルとよく似たコウノトリのことなのでしょう。ただし、コウノトリは鳴きません。『万葉集』では鳴き声が詠まれているわけですから、コウノトリではありませんね。

マナヅルの語源

さて、代表的な三種のツルの名前のうち、最も古くから使われてきたのは、マナヅルです。平安時代以降、和歌にも何度か登場します。

まなづると　久しき友と　なりぬべし
すむ山水（やまみづ）に　影をならべて

——大中臣輔親（おおなかとみのすけちか）『続後撰和歌集（しょくごせんわかしゅう）』[7]巻第二十・一三五一

訳　マナヅルと幾久しい友となり、きっと長生きするでしょう。今住んでいる山の澄みきった水に、共に影を並べて……。

マナヅルの語源説には、肉が大変おいしいので「真菜」がついたという説もあります。たしかに、ツルも食用とされてきました。ですが、江戸時代初期の食物書『本朝食鑑（ほんちょうしょっかん）』[8]には、ナベヅルが最もおいしく、タンチョウは最も味が落ちるとなっていて、マナヅルの味については、特に記されていません。名前になるほど、ずば抜けてマナヅルがおいしいと思われていたわけではなさそうです。

それよりも、「まな」は、ほめたたえる気持ちや親愛の情をあらわす接頭語と考えた方が自然でしょう。ほめたたえるという意味では、タン

7　鎌倉時代に編纂された十番目の勅撰和歌集。

8　元禄十（一六九七）年刊行。人見必大（ひとみひつだい）著。

チョウにつけられるはずだと思うので、親愛の情の方でしょうか。この歌でもそうですし、マナヅルを友と思う歌はほかにも残っています。または、標準的なツルという意味の「真のツル」説が正しいとも考えられます。かつては、普通に見られたツルだったのかもしれません。

愛情深いツル

『万葉集』には一首だけ、他とは違うツルを詠んだ歌があります。遣唐使の船が難波を出て漕ぎ出した時に、母親が子に贈った歌です。

旅人の　宿りせむ野に　霜降らば
我が子羽ぐくめ　天の鶴群

——遣唐使の母『万葉集』巻第九・一七九一

訳　旅人が野宿をするところに霜が降りたなら、
我が子を羽でつつんでおくれ。空を行くツルの群れよ。

ツルの家族仲がいいということは、よく知られていたようです。実際、つがいになると一生連れ添い、雌雄協力して子育てをします。どの種も卵を二個産むそうですから、うまく育てば四羽の家族。そして、幼鳥が親離れするまでの間、いつもいっしょに生活するのです。幼鳥は色が違うので、すぐわかります。きっと、かばうようなしぐさを見かけることも多かったのでしょう。遣唐使の母は、そんなツルに、異国に旅立つ我が子への思いを託したのですね。

のちには、「焼野の雉(きぎし)、夜の鶴[9]」ということわざも生まれました。

その姿は今も変わりません。環境が悪化する中、彼らが子を思う気持ちは、ますます切実なものになっていることでしょう。懸命に生きているツルたち家族を、あたたかく見守っていきたいですね。

9 キジ（雉）は、野が焼けると命がけで子を守り、ツルは、寒い夜に自分の翼を広げて子をあたためることから、親が子を思う愛情が深いことのたとえに使われる。

鳥しるべ

◆全長：１２３㎝（カラスの倍以上大きい）
◆冬鳥

ツル目・ツル科

マナヅル

異名：葦鶴（あしたず）、仙禽（せんきん）、仙客（せんかく）

今では、ナベヅルとともに、鹿児島県出水（いずみ）市にほとんどが飛来し、ここで越冬します。「万羽鶴」といわれるほど、たくさんのツルが集まっている様子は壮観です。朝、日の出とともにねぐらを飛び立ち、家族単位で集まってえさ場に向かい、日が暮れると、またねぐらにもどって集団で眠ります。

また、タンチョウは、北海道東部で留鳥、または漂鳥として繁殖もしています。

▼「つる」の語源は諸説ありますが、鳴き声からきたという説と、朝鮮語のｔｕｒｕｍｉからきたという説が有力です。マナヅルやナベヅルは、朝鮮半島を通って、日本に渡って来ることがわかっています。

▼マナヅル、ナベヅル、タンチョウ、すべて、絶滅危惧Ⅱ類。また、国の特別天然記念物にも指定されています。

▼大きさは、タンチョウ、マナヅル、ナベヅルの順となります。

▼越冬先でも、求愛行動をする時があります。首をそらし、オスは羽を広げて、お互いに鳴き交わします。タンチョウの繁殖地では、求愛ダンスも見られます。

鴨【かも】

ひと口にカモといっても、
種によって、その姿は
バラエティに富んでいます。
どのようなカモを思い浮かべるかで、
歌の味わいも
変わってくるのではないでしょうか。

葦辺（あしべ）行く　鴨の羽（は）がひに
霜降りて
寒き夕（ゆうへ）は　大和（やまと）し思ほゆ

——志貴皇子（しきのみこ）『万葉集』巻第一・六四

◇◇◇◇◇◇◇◇◇◇◇◇

訳　葦辺を泳いで行くカモの背に
霜が降って、寒さが身にしみる夕べは、
しきりに人和のことが思われる……。

カモと霜との取り合わせ

昔は、単にカモといえば、マガモ（真鴨）をさしたそうです。「真」という接頭語は、「真鰯」「真竹」などのように、動物や植物の頭につけて、その種の代表的なものという意味をあらわす場合があります。マガモもそう。実際、今でも日本に最も数多く飛来するカモです。冬の水辺ではおなじみですね。別名「青首」という名が示すように、オスは、頭から首にかけて美しい緑色をしています。

この歌のカモが、マガモかどうかはわかりませんが、「羽がひ」とは「羽交」と書き、左右の翼が重なる部分のこと。マガモの羽交は、褐色に灰色が合わさって、いかにも霜が降りたように見えます。『万葉集』にはほかにも、カモが尾に降りた霜を、羽をふるわせて払っているという歌があります（一七四四）。カモが羽をはばたかせて、水しぶきをあげる様子はよく見かけますが、そんな情景にも霜が結びつくようです。

そして、カモと霜の取り合わせは、その後も歌に詠まれ続けました。寒々とした水辺の風景と、見ている人のわびしい気持ちが重なって、霜のイメージになるのでしょうか。

現代人にとっては、水辺をはなやかに彩ってくれるカモたちですが、かつての歌人たちにとっては、そうではなかったようですね。

浮かびながらでも眠れる

カモが、くちばしを背中の羽に押し込んで水に浮いている姿を見たことはありませんか。これは、カモが寝ている姿です。

浮きながら寝るということが、いかにも危うげに見えたのでしょう。「鴨の浮寝」は、不安定なこと、落ち着かないことのたとえとして、よく使われました。また、「浮き」と「憂き」とをかけて、歌に詠まれてきました。

吾妹子に　恋ふれにかあらむ
沖に住む　鴨の浮寝の　安けくもなき

——作者未詳『万葉集』巻第十一・二八〇六

訳　あの娘に恋しているからだろうか。沖に住むカモが浮きながら寝るように、つらくて心安らかでいられないよ。

のちには、同じ習性を持つガン類なども含めた水鳥のことを、「浮寝鳥」と呼ぶようになります。

でも、カモは必ず浮きながら寝るとは限りません。岸でお腹をつけて眠ることもあれば、一本足で立ったまま寝ることもあります。いつでも、どこでも、どんな格好でも寝られるわけですね。うらやましい気さえしてきます。

とはいえ、彼らはまず、身を守らなければなりません。カモ類には、タカ類などのほかに、人間という恐ろしい天敵がいます。古くから人に狙われてきたために、昼間は水の上で寝て、夜、活動するようになったといわれるほどです。そういう意味では、浮いて寝るからではなく、いつも危険にさらされているから落ち着けないといえるでしょう。

今でも狩猟鳥とされているカモたち。心安らかでいられない日々は、まだ続いているのでしょうね。

カモの鳴き声

カモの鳴き声を詠んだ歌は、多いとはいえません。普通、カモの声は「ガァガァ」とか「グワッグワッ」。これには、いにしえの歌人も歌心を刺激されなかったのでしょう。とはいえ、こんな歌もあります。

葦の葉に　夕霧立ちて
鴨が音(ね)の　寒き夕(ゆふへ)し　汝(な)をば偲(しの)はむ

——作者未詳『万葉集』巻第十四・三五七〇

訳　葦の葉に夕霧がたって、カモの声が寒々と聞こえる夕べは、
おまえのことが恋しく思われるだろう。

カモの中でも、ヒドリガモなどは「ピュー、ピュー」と鳴きますし、オナガガモも「ピル、ピル」というような声を出すこともあります。こちらの方が、恋しい人をしのぶ声のように感じませんか。さまざまなカモの声に耳を傾けてみるのも、新しい発見があるかもしれませんね。ただし、「鴨が音」という言葉は、ほかにはほとんど見られません。やはり、人気はなかったようです。

「かも」の語源説はさまざまですが、ひとつに、「かもめ」と同じで、うるさいという意味の「かま」に由来するという説があります。

たしかに、カモが騒いでいる様子は、『万葉集』では長歌によく登場します。そしてこの情景も、後々、詠まれ続けました。

「鴨の水搔き」

ほかの語源説としては、「浮かむ鳥」の「う」が抜けて「かむどり」。それが変化して「かもどり」になったという説もあります。今の私たちにとっても、カモは水面に浮かんでいる鳥というイメージが強いのではないでしょうか。

ですが、こんな歌もあります。

世にふれば　鴨の水かき　やすからず
下の思ひは　我ぞ苦しき

——藤原知家『新撰六帖題和歌』[1]巻第三・九三八

訳　この世に生きながらえていれば、カモが水面で休みなく水を搔くように、心がやすまりません。心の底で、私はとっても苦しい思いをしているのです。

1　鎌倉時代中期の和歌集。『新撰六帖』『新撰和歌六帖』ともいう。

「鴨の水掻き」という言葉は、誰にでも、人知れぬ苦労があるという意味で使われます。

たしかに、カモの表情は、飄々としていて、何も考えずに水に浮いているようにさえ見えます。ですが、昔の人はちゃんと気づいていたのですね。気楽そうに泳いでいるカモも、水面下では休みなく水を掻いていることに……。

狩猟鳥である上に、環境や気候の変化など、カモたちにとって、ますます人知れぬ苦労が絶えないことでしょう。

それでも、変わらず日本に渡ってきてくれるカモたち。少しでも、彼らが安心して生きていける場所になっていきますように……。そんな場所は、私たちにとっても住みやすい場所のはずですから。

カモ目・カモ科

マガモ

異名：青首、青羽鳥（あおばどり）、水翁（すいおう）

普通は秋に渡って来て、春に繁殖地に戻るのですが、帰らずに繁殖するものもいるようです。違う種同士で交雑することもあるので、渡りをしないカルガモ（軽鴨）やアヒル（家鴨）との雑種ということもあります。ちなみに、アイガモ（合鴨）は、マガモとアヒルを交配したものです。

カモ類は、繁殖地に帰る前にカップルになるので、日本にいる間は恋の季節。首を上げ下げして、求愛している場面が見られるかも。

▼オスは、緑の首の下に白い首輪があります。また、尾の下の、上向きにカールした黒い羽も注目したいチャームポイントです。

▼メスはどの種もよく似ていて、だいたい茶色い模様です。

▼繁殖が終わると、オスも、メスと同じような地味な色に変わります。そんなオスを「エクリプス」といいます。エクリプスの本来の意味は、日食、月食のこと。輝きを失うという意味です。日本に渡って来たばかりの頃に見られることもあります。

▼巣作りも子育てもメスの担当。卵を産む産座（さんざ）には、自分の胸やお腹の綿毛（ダウン）を抜いて敷くのだとか。まさしく羽毛布団ですね。

◆**全長：**50〜65㎝（カラスぐらい）
◆主に冬鳥

鸍【たかべ】

「たかべ」は、今のコガモのこと。
いち早く渡ってきて遅くまでいてくれる、うれしいカモです。

高山に　たかべさ渡り
高々に　我が待つ君を　待ち出でむかも

——作者未詳『万葉集』巻第十一・二八〇四

訳
高山にコガモが渡っていく。
高く背伸びをするように
私が待ち焦がれるあの人に、
出会うことができるかなあ……。

高々と群れ飛ぶ鳥？

「コガモ」といっても、子どものカモのことではありません。日本にやってくるカモの中で一番小さいから「コガモ」。そのままですね。

古くは「たかべ」と呼ばれていました。「たか」は「高」、「べ」は、群れをあらわす「め」が転じたといわれます。高く群れ飛ぶ鳥という意味だとか。あまり、高く飛ぶという印象はないのですが、狩猟の対象になってきた鳥なので、昔の人にとっては、そういう認識だったのかもしれません。

この歌では、「高山」「たかべ」と「たか」のつく言葉を重ねて、「高々に」を導いています。「高々に」は、背伸びをするように心待ちにする様子をあらわす言葉。声に出して読むと、「たか」の繰り返しが、心の高まりを感じさせてくれますね。

『万葉集』では、この歌のほかに、もう一首、オシドリ（鴛鴦）といっしょに詠まれた歌が収められています。人が漕がなくなった舟に、オシドリとコガモが住みついているという内容です。

その後は歌に詠まれることはあまりありませんでしたが、『夫木和歌抄』に一首、こちらもオシドリといっしょに詠まれた歌が残っています。昔はよくいっしょにいたのかもしれません。

みる人は　沖の荒波　疎(うと)けれど
わざとなれるる　をしたかべかな

——恵慶(えぎょう)法師『夫木和歌抄』巻第十七・七〇二六

訳　見る人は、沖の荒波を避けたいと思うけれど、
わざわざ馴れ親しんで漂っているオシドリやコガモだなあ。

コガモは、冬鳥ですが、カモの中では最も早く日本に渡ってきて、比較的遅くまで残っています。コガモを詠み込んだ冒頭の歌の作者も、待ち遠しい人と、ほどなく会うことができたのではないでしょうか。

カモ目・カモ科

コガモ

異名：たかべ（鸍・沈鳧）、たかぶ

オスの成鳥は、頭が栗色で目のまわりだけが深い緑色。複雑な模様のグレーのからだに水平に入った白いライン、尾の下にはクリーム色の三角形のアクセント。小さいながらもなかなかおしゃれです。しかも、「ピリッ、ピリッ」とかわいい声で鳴きます。ところが、メスの声は「グェッ」なのだとか。

春には、首をのばして胸をそらせたり、尾を上げたりする求愛行動が見られるかもしれません。

▼身近な水辺に渡って来ますが、警戒心が強く、あまり人に近寄っては来ません。

▼漢字は、「沈鳧」とも書きました。「鳧」は、今では「けり」と読みますが、もともとカモをあらわす漢字です。それはいいとしても、どうして「沈」なのかはわかりません。水にもぐることは少なく、水面にくちばしをつけるようにして、えさをとりながら泳いでいます。

▼雑食性ですが、草の種や葉など、植物性のものを中心に食べているそうです。

▼ほかの水鳥を見る際の、大きさのものさし鳥にもなります。

◆**全長：**34〜38㎝（ハトぐらい）

◆冬鳥

鵤【あじ】

古くは「あじ」と呼ばれていたトモエガモ。
「あじ群（むら）」として、群れ騒ぐ様子が歌に詠まれてきました。

山の端に　あぢ群騒ぎ　行くなれど
我はさぶしゑ　君にしあらねば

――岡本天皇『万葉集』巻第四・四八六

◇◇◇◇◇◇◇◇◇◇◇◇

訳　山の端にトモエガモが群れ騒ぐように
人が行くけれど、私は寂しい。
あの方ではないので……。

1 渦を巻いている波を図案化したものといわれる。語源は「鞆（とも）絵」。弓を射る時に左手にまく鞆に似ているところから、こう呼ばれるようになった。

おいしいから「味」

トモエガモというカモをご存じでしょうか。顔の模様が巴（ともえ）[1]の模様に見えるところから、この名がつきました。

たしかに、巴のようにも見える複雑な模様が入っています。しかも、黒、緑、白、黄褐色が複雑に組み合わさっています。一見派手なようですが、自然の中では、思ったほど目立ちません。

このトモエガモ、古くは「鴨（あじ）」と呼ばれていました。歴史的仮名遣いでは「あぢ」となります。

「あじ」と聞いて思いつくのは、魚の「鯵（あじ）」ではないでしょうか。この名がついたのは、味のある魚だからということです。おいしい魚の代表だったというわけですね。

鳥の方の「あじ」の語源も同じだという説が有力です。つまり、おいしいから「あじ」と呼ばれるようになったというのです。

「鵤」という漢字の成り立ちはわかりません。『万葉集』では九首に登場し、味、阿遅、安治、安遅などの字が当てられています。

そのうち七首が、「あぢ群」として、群れを詠んだものです。そういえば、「あじ」の語源説には、「集」が変化したという説もありました。それほどたくさん日本に渡って来ていたのでしょう。

しかも、あぢ群のあとには、ほとんど「騒ぎ」と続くのです。冒頭の歌もそうですね。この歌は、反歌[2]として詠まれたものですが、その前の長歌でも、トモエガモの群は、人がたくさん行き来する様子の比喩として使われています。

今では、これらのことが信じられないくらい、数が少なくなってしまいました。そんなに食べられてしまったのでしょうか。群れ騒ぐどころか、静かに人を警戒しながら過ごしているようです。

昔のように、「あぢ群」がどこでも普通に見られるようになれば、冬の水辺はいっそう美しく、にぎやかになることでしょう。

2 長歌のあとに添えた短歌。長歌の内容を要約したり、補足したりするもの。

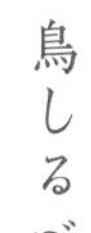

カモ目・カモ科

トモエガモ

異名： 鵻、鵻鴨（あじがも）

局地的に、群れで渡って来るところもありますが、たいていは、一羽から数羽で、ほかのカモの群れに混ざっているところを見かけるという現状です。また年によって、飛来数が大きく異なるようです。現在、絶滅危惧Ⅱ類に指定されています。

コガモより少し大きい程度なので、ほかのカモといっしょに泳いでいると、とってもかわいらしく感じます。

▼「クウォッ、クウォッ」と聞こえる声で鳴きます。ちっとも騒々しくは聞こえないので、『万葉集』で「あぢ群騒ぐ」というからには、相当いたということでしょう。

▼メスは他のカモ類と同様、全体的に茶色ですが、くちばしの付け根に白く丸い斑があります。

▼「シマアジ」という魚はよくご存じかと思います。からだに黄色い縞のある鯵という意味で「縞鯵」と名づけられました。じつは、カモの仲間にも「シマアジ」がいます。同じく縞のある鵻という意味で「縞鵻」。ただし、縞のある場所は違います。眼の上に白いくっきりとしたラインが一本。こちらは今でも、この名前が標準名として使われています。

◆**全長：** 39～43㎝（ハトより大きい）

◆冬鳥

鴛鴦【おしどり】

古くから仲のいい夫婦の
たとえとなってきたオシドリ。
オスとメスが仲よく並んで
泳ぐ姿が印象的です。
やはりひとりで見れば、
恋しさがつのることでしょう。

妹に恋ひ　寝ねぬ朝明に
鴛鴦の　ここゆ渡るは　妹が使ひか

——作者未詳『万葉集』巻第十一・二四九一

◇◇◇◇◇◇◇◇◇◇◇◇◇

訳

あの娘が恋しくて眠れない夜明けに、
オシドリがここを通って渡っていくのは、
あの娘の使いだろうか……。

寂しさをつのらせる鳥だった

この歌の作者は、オシドリのどのような姿を見たのでしょう。

「ここゆ渡る」の「ゆ」は、経由する場所をあらわす助詞です。つまり、ここを通って渡っていく……。とすると、飛んで行くのを見たのでしょうか。

もちろん、オシドリも飛びますが、飛びながら場所を移動するところを見ることは少ないと思います。やはり思い浮かぶのは、水に浮かんでいる姿ですね。それも、オスメス仲良く並んで……。

ほかの鳥でも、つがいでいる姿はよく見られるのですが、オシドリはオスが華やかで目立ちます。その横に、つつましやかなメスが寄り添っているようで、昔の人には、理想のカップルのように映ったのかもしれません。古くから、夫婦仲の良いたとえにも使われてきました。

「おしどり」という名前の語源そのものが、「愛し鳥」だといわれます。

「愛し」は、いとしいという意味の古語。雌雄互いに愛する鳥だからということです。『和名類聚抄』には、どちらか一方が捕らえられると、もう一方は思い焦がれて死ぬとまで書かれています。そして、「思い死ぬ」が「おし」になったという語源説まであるほどです。

とはいえ、『万葉集』では、睦び合う鳥という意味でオシドリを詠ったものはありません。オシドリが登場する歌は、この歌を含めて五首。「お（を）し」と「惜し」をかけたものや、単にオシドリがいることを詠んだものばかりになっています。

この歌の場合も、必ずしもオシドリでなければいけないことはないような気がします。鳥はよく何かの使いとみなされてきました。ですから、どんな鳥でも渡って行くのを見れば、妻の使いだろうかと思ったのではないでしょうか。

平安時代になると、オシドリに離れ離れでいる寂しさを重ねることの方が多くなります。また、浮き寝[1]をすることから、「憂き寝」にかけて詠われたりもしました。

後に「鴛鴦夫婦（おしどりふうふ）」は、仲睦まじく幸せな夫婦の代名詞に使われるようになりますが、昔は、寂しい恋心をかきたてる鳥だったようですね。仲のいいオシドリだからこそ、離れているつらさもいっそう身にしみるということなのでしょうけど。

厳しい鴛鴦夫婦の道

『万葉集』では、オシドリに季節感を託すというわけでもありませんでした。早春に咲く馬酔木（あせび）の花といっしょに詠まれた歌が一首あるだけです。

普通、オシドリは、夏は繁殖のため山間部の森などにいます。冬になると、平地に出てきてよく見かけることから、次第に冬の鳥とされるようになりました。

1 水鳥が、水に浮いたまま寝ること。

霜や氷など、冬の風物といっしょに詠われるので、ますますわびしい歌が増えていったのでしょう。

ところで、普通オシドリと聞いて思い浮かべるのは、美しいオスの姿ですね。

たてがみのように長く伸びた頭の羽、くちばしは赤く、眼のラインは白く後ろに流れて、からだじゅうに、紫や緑や橙色など、複雑な色彩が配置されています。特に目立つのが、腰のあたりにピンと立っている橙色の羽。銀杏(いちょう)の葉に似ているということで、「銀杏羽(いちょうば)」と呼ばれます。

じつは、これはオスの繁殖期だけの姿。他のカモの仲間と同じく、若鳥の時や繁殖期以外は、メスとよく似た姿をしています。メスに選んでもらうために、こんなにきれいに変身するわけなのです。そこで、銀杏羽のことを、特に「思い羽」とも呼びました。

「思い羽」という言葉は、室町時代にはすでに使われていたようですから、当時の人もこのようなオシドリの生態に気づいていたのでしょう。

また、剣に見立てて「剣羽（つるぎば）」ともいいました。

池水（いけみず）に　をしの剣羽　そばだてて
妻あらそひの　けしきはげしも

――藤原信実『夫木和歌抄』巻第十七・六九六一

訳　池の水上で、オシドリが剣羽を高く持ち上げて、妻をめぐって争っている。その様子の何と激しいことだろう。

実際のオシドリは、ほかのカモ類と同じように毎年カップルを解消するのだそうです。もちろん、同じ相手とつがう可能性はあるのですが、繁殖期を迎えるたびに、熾烈（しれつ）な恋の争奪戦を乗り越えなければならないのですから至難の業です。歌のとおり、剣羽をアピールしながら、求愛し、オス同士で争うこともよくあることだといいます。

優雅に見えても、本当のオシドリ夫婦の道は大変厳しいわけですね。

鳥しるべ

◆全長：39〜43㎝（ハトより大きい）
◆留鳥または漂鳥（東北地方以北では夏鳥）

カモ目・カモ科

オシドリ

異名：鴛鴦（おし）、鴛鴦（えんおう）、鴛鴦鴨（おしがも）

警戒心が強いので、水辺のまわりに木々が生い茂り、枝がおおいかぶさっているような場所を好むようです。よく葉陰などに隠れるように集まっていたりします。ドングリが大好物なので、他のカモと違い、木の枝にとまっていることもあります。

オスは「ピュイ、ピュイ」とかわいらしい声で鳴き、メスは「クァッ」というような少しきつい声で鳴きます。

▼メスは、地味といっても、明るいグレーの顔が美しく、ほかのカモとは違いがはっさりわかります。特に目元の白いラインが、潤んでいるようにも見えて、なかなか色っぽい感じがします。

▼夏になると、寒冷地や山間部の森などに行って、木の洞などに十個前後の卵を産むのだとか。ヒナは孵化するとまもなく、洞から落ちるように飛び降り、お母さん鳥に導かれ、かなりの距離を歩いて水に入るそうです。

▼六対四の割合で、オスが多いという研究報告もあります。つがいになれないオスも、結構いるというわけですね。だから、ペアになると、オスがしっかりメスをガードするのだともいわれます。

秋沙【あきさ】

「秋沙」は、カモの仲間のアイサのことです。
日本に渡ってくるのは主に三種。
万葉人が、心配しながら
心待ちにしたのは、
どのアイサだったのでしょう。

山の際に　渡る秋沙の　ゆきて居む
その河の瀬に　波立つなゆめ

――作者未詳『万葉集』巻第七・一一二二

◇◇◇◇◇◇◇◇◇◇◇◇

訳　山の間を渡っていくアイサガモが
降り立つだろう、その川の瀬に、
波よ立つな、決して……。

三種類のアイサガモ

この歌に詠まれている「秋沙(あきさ)」は、現在では、アイサと呼ばれていま す。「あきさ」が変化したものだということは想像がつきますね。カモ科の水鳥なので、アイサガモとも呼びます。

現在、日本に飛来する主なアイサの仲間は、ウミアイサ（海秋沙）、カワアイサ（川秋沙）、ミコアイサ（巫女秋沙）の三種。江戸時代頃から、このように分類されるようになったそうです。

これらアイサのオスは、種類によって見た目の印象がずいぶん違います。ウミアイサは、頭が黒みがかった緑色で、寝起きの髪のようにぼさぼさ。しかも赤い眼をしています。

そんなウミアイサのぼさぼさ頭を、きちんととかしたようなのがカワアイサ。からだも白を基調にすっきりと整え、眼も赤くはありません。

そして、ミコアイサは全身が白くて、眼のまわりや背中など、部分的な黒がきいています。よくパンダガモと紹介されますが、前髪をオールバックにしているようで、パンダよりも小粋な雰囲気です。

さて、冒頭の歌では、川に降り立つと詠まれています。だとしたらカワアイサかというとそうともいえないのです。というのも、ウミアイサだから海にしか来ないというわけではなく、川や池にも入ります。カワアイサも川に限られるというわけではないのです。

この作者が見たのは、どのアイサだったのでしょう。

そういえば、江戸時代後期の『本草綱目啓蒙』[1]には、アイサガモには「小アイサ、ミコアイサ、黄黒アイサ（一名スズガモ）、ウバアイサ、ウアイサ、ドウナガアイサ、ウミアイサ、カハアイサ、キツネアイサ、クマサカアイサ等の品アリ」と書かれています。おそらく、当時はこれほどの種がいたということではなく、異名も含まれているのでしょう。

じつは、カモの仲間のオスは、毎年、秋から冬にかけて繁殖のための派手で目立つ姿に変わります。ところが繁殖が終わった夏から秋はメス

1 江戸後期の本草（ほんぞう）書。本草とは、薬用になる植物、動物、鉱物などのこと。当時の代表的な本草学者・小野蘭山（おのらんざん）の講義を、孫と門人が整理したもの。

とよく似た地味な姿をしているのです。

アイサガモの場合、どのアイサも、メスは頭がキツネ色。幼鳥も雌雄の別なくメスと同じタイプです。日本に渡ってきた当初は、まだ繁殖用の羽になりきっていない、メスタイプのオスが交じっていることもあって、キツネ色の頭をしたアイサがよく目につきます。

『本草綱目啓蒙』に「キツネアイサ」とあるのは、これらメスタイプのアイサたちをさしているのかもしれません。冒頭の歌は飛来してきたばかりのアイサを詠んでいるように思われます。だとしたら、作者が見たのは「キツネアイサ」でしょうか。

去りゆく秋を告げる鳥

「秋沙」の語源には、二通りの説があります。ひとつは、秋早くにあらわれるから「秋早(あきさ)」だという説。もうひとつは、このカモがやって来ると秋が去るから「秋去(あきさ)」。これが略されたという説です。

アイサは、ほかのカモと同じように、秋に日本に渡ってきます。特別、秋の早い時期に飛来するというわけではないようです。昔とは状況が変わっているのかもしれませんが、おそらく「秋去」説の方が正しいのでしょう。

さて、『万葉集』では、秋沙が詠まれた歌はこの一首だけ。その後は少ないながらも、時々歌に詠まれています。それらを見ると、たいてい寒々とした情景とともに詠まれているようです。アイサもまた、冬の使者だったのでしょう。

むれわたる　磯べのあきさ　音さむし
のだの入江の　霜のあけぼの

――鴨長明『鴨長明家集』2

訳　群れ渡っていく磯のほとりのアイサの羽音が寒々と感じられるなあ。
野田の入江の、霜が降りた夜明け方よ。

2　随筆『方丈記』の作者として有名な鴨長明の歌集。鴨長明は、鎌倉時代前期の歌人でもあり、文筆家でもあった。

アイサはあまり鳴きませんし、印象的な声でもないので、長明は羽音を聞いたのではないでしょうか。このアイサが飛ぶ時の音も、時々歌に登場します。

昔の人が、寒々とした冬を重ねて見ていたアイサ。でも、泳ぐ時は、他のカモに比べると、まっすぐに前を見て、胸をはって進んでいくように見えます。心なしかすました顔で……。そうして、くちばしから飛び込むように何度も水にもぐっては、魚などのえさをとっています。

万葉人は、冒頭の歌で波立つなと心配していますが、少々の波など平気そう。本当は、冬のわびしさより、厳しい季節を乗り切る元気を感じさせてくれる存在なのではないでしょうか。

鳥しるべ

◆全長：58〜72㎝（カラスより大きい）
◆冬鳥（北海道東部では繁殖）

カモ目・カモ科

カワアイサ

異名：特になし

カワアイサは子だくさんで知られ、繁殖地では、メスが十羽以上ものヒナを連れて泳いでいる姿も見られます。アメリカでは、なんと七十六羽のヒナを連れている写真が撮影されています。すべて自分の子ではなく、他のヒナもいっしょに育てているのだとか。「ヒナ混ぜ」と呼ばれ、ほかの種でもあることだそうです。

でも、自分の子ども以外は殺してしまう鳥もいることを思うと、微笑ましく感じられますね。

▼代表的な三種のアイサの中で、一番大きいのがカワアイサ。その次がウミアイサ（52〜58㎝・カラスぐらい）。一番小さいのがミコアイサ（38〜44㎝・ハトより大きい）。

▼カワアイサのオスの頭は黒みがかった緑色で、メスはキツネ色。メスだけがぼさぼさ頭です。よく似たウミアイサは両方ぼさぼさ頭です。

▼カワアイサとウミアイサのくちばしは特に細長くて赤いのでよく目立ちます。カワアイサの方は、くちばしの先端が、かぎ状に曲がっています。

▼ミコアイサの「ミコ」は、小さいので「御子（みこ）」からきているという説や、白い外見の印象から「巫女」を連想したという説があります。でも、白いのはオスの方です。

千鳥【ちどり】

水辺で耳を澄ますと、チドリの声が聞こえてくるかもしれません。昔の人がもの悲しく聞いた声です。

近江(あふみ)の海　夕波千鳥
汝(な)が鳴けば　心もしのに　古(いにしへ)思ほゆ

――柿本人麻呂『万葉集』巻第三・二六六

◇◇◇◇◇◇◇◇◇◇◇◇◇

訳　琵琶湖の夕波にたわむれるチドリよ。
おまえが鳴けば心がしおれてしまうほど、
昔のことが思い出されるよ……。

昔の人にとってのチドリ

ゆったりとした調べが心地よく感じられる歌ですね。琵琶湖の夕暮れ時、今でも、波打ち際にはチドリが見られるのではないでしょうか。

チドリもまた、古くからよく歌に詠まれてきました。といっても、特定の鳥をさしたわけではなく、チドリ科の鳥の中でも小型の鳥はすべて、チドリと呼んだようです。

チドリの仲間は警戒心が強く、その上、砂や砂利と同じような色をしています。双眼鏡もカメラもなかった時代、種の識別などできなかったことでしょう。しかも、シギ（132ページ）の仲間たちもいっしょにいますので、小さなシギ類までチドリと呼ばれていたかもしれません。『万葉集』に収録されたチドリの歌は二十六首。ほとんどが鳴き声を詠んだものです。姿が見にくかった分、声が印象に残ったようですね。

現在、日本で見られる主なチドリは、コチドリ（小千鳥）、シロチドリ

（白千鳥）、イカルチドリ（斑鳩千鳥・桑鳲千鳥）、メダイチドリ（目大千鳥）などです。声はどれも、「ピユ」とか「ピイ」と聞こえる澄んだ声。おそらく声の方も、厳密に聞き分けていたわけではなかったのでしょう。

いにしえの歌人たちは、この声を聞くと、寂しさがかきたてられたようです。なるほど、悲しい気持ちの時に聞くとせつなくなる声かもしれません。それも、夕暮れ時……。この歌のように、遠い昔のことがしみじみと思い出されるというのもわかる気がします。

そういえば、「夕波千鳥」のほかに「夕千鳥」や「小夜千鳥」など、夕方や夜に鳴く千鳥をさす言葉も和歌に詠まれています。

チドリではない千鳥

『万葉集』のチドリの歌の中には、明らかに、チドリ科の鳥ではないものも含まれています。「千鳥」は、たくさんの鳥という意味でも使われたのです。たとえば、

我が門の　榎の実もり食む　百千鳥
千鳥は来れど　君そ来まさぬ

——作者未詳『万葉集』巻第十六・三八七二

訳　我が家の門の榎の実をついばんで食べるたくさんの鳥たち。
鳥はたくさん来るけれど、あなたは来てくださらないのですね。

榎の実がなるのは、秋。その実を食べに鳥が集まってきます。とはいえ、チドリ類が来ることはありません。チドリたちは主に砂浜や干潟で、小さな生き物を食べているのです。

のちに、「百千鳥」は、「古今伝授秘伝三鳥」[1]のひとつに数えられるようになりました。ところが、秘伝とされてきたために、何の鳥かわからなくなってしまったのです。

百千鳥がチドリだという説以外に、ウグイス説やモズ説などもあります。『古今和歌集』では、春の歌に詠まれていることから、それが引き

1　『古今和歌集』の中の難解な歌や語句などの解釈を、秘伝として師から弟子に伝授すること。

継がれ、「百千鳥」は春の季語とされてきました。

そういえば、「ちどり」の語源説には、群飛するところからきたという説があります。とはいえ、群れ飛ぶ様子がチドリの代表的な姿とは思えません。むしろよく見かけるのは、一羽から数羽で小走りにえさをとっているところ。江戸時代以降の文献には、「河原走り」という異名が出てきます。そう、チドリの動きは速く、歩くというより走るといった方がぴったりです。

「八千代」という聞きなし

チドリの最も有力な語源説は、鳴き声からきたという説です。現代人には「ピ」で始まるように聞こえるその声を、「チ」と聞いたというのです。中世には、「ちりちり鳥」とも呼ばれていたようです。

ところで、『古今和歌集』にこんな歌があります。

しほの山　さしでの磯に　すむ千鳥
君が御代をば　八千代とぞ鳴く

——よみ人しらず『古今和歌集』巻第七・三四五

訳　塩の山の差出（さしで）の磯[2]にすむチドリは、
あなたの御長寿を祈り、「やちよ、やちよ」と鳴いています。

さすがに、チドリの鳴き声は、「ヤチヨ」とは聞こえません。これは、「チヨ、チヨ」と聞かれたチドリの声に、長い年月をさす「千代」を重ね、さらに、数が多いことをあらわす「八（や）」をつけたものとされています。

チドリが「八千代」と鳴くという歌はその後も詠まれ、ことほぎの鳥ということにもなったようです。

悲しみを感じる声でもあり、おめでたい声にもなったわけですね。

2　「塩の山」は、現在の山梨県甲州市の塩ノ山、「差出の磯」は、笛吹川の西岸といわれるが、明らかではない。

チドリの足跡

『万葉集』では、川のチドリを詠んだ歌がほとんどです。ところが、平安時代になると、浜千鳥、磯千鳥、浦千鳥など、海辺のチドリが詠まれるようになります。

中でも、「浜千鳥」は、次第に特別な意味を持つようになっていきました。中国には、古代、蒼頡（そうけつ）という人が、鳥獣の足跡からひらめいて、漢字を発明したという伝説があります。それをふまえて、こんな歌が作られたからです。

忘られむ　時しのべとぞ　浜千鳥
ゆくへも知らぬ　跡をとどむる

——よみ人しらず『古今和歌集』巻第十八・九九六

訳　忘れ去られようとする時に思い出してほしいと思って、

行方も知れず飛んでいった浜千鳥が足跡を残していくように、
私も筆跡をとどめておくのです。

鳥獣の足跡だったのが、いつの間にか、千鳥に限定されてしまったようですね。その後、「浜千鳥」は、「跡」にかかる枕詞になり、チドリの足跡を、筆跡や手紙になぞらえることが一般的になりました。

やがて冬の季語に

チドリは、『万葉集』では特に季節感のある鳥ではありませんでした。春の風物である霞といっしょに詠まれていますし、夏のカジカガエル（河鹿蛙）や、秋の霧や、冬の雪ともいっしょに詠まれています。

ところが、次第に冬に限定されていきました。名歌に冬の歌が多かったことが理由にあげられていますが、寂しさを誘うチドリの声と、冬の情景とが重なっていったのでしょう。

よさのうらや　汀(みぎわ)の千鳥
哀れにぞ　さゆる霜夜に　友よばふなり

——藤原為家『夫木和歌抄』巻第十七・六九二〇

訳　与謝の浦の波打ち際のチドリは、しみじみと、
寒さがしみいるような霜夜[3]に友を呼んでいるなあ。

この歌のように、霜や霜夜とともに詠われることも多く、「霜夜鳥」という異名も生まれました。

それらを受け継いで、「千鳥」は冬の季語になっています。

ところが、コチドリは夏鳥ですし、メダイチドリなどは旅鳥です。歌に数多く詠まれ、親しまれてきた千鳥ですが、必ずしも実態を正確にはとらえてこなかったようですね。

「千鳥」という言葉の語感と、繊細な鳴き声のイメージが、ひとり歩きしていったのかもしれません。

3　霜の降りるような寒い夜のこと。

鳥しるべ

チドリ目・チドリ科

シロチドリ

異名：磯鳥（いそなどり）、ちりちり鳥、河原走り、霜夜鳥

チドリの仲間は、しばらく小走りに進んでは、立ち止まって方向を変え、また小走りに進みます。足跡がジグザグになるので、「千鳥足」という言葉が生まれたのだとか。また、両足を開いたまま走るので、足跡が互い違いになり、踏み違えているように見えるからという説もあります。

背中の色が岸辺の砂や石とそっくりなので、じっとしている時には、目をこらしてもなかなか見つかりません。

▼地方によって違いますが、普通、冬に見られるとしたら、シロチドリかイカルチドリになります。首輪のような黒い模様が、胸の前で切れているのがシロチドリ。海岸のほか、河口や干潟などでも見られます。

▼繁殖期になると、砂浜にくぼみを作って巣を作ります。子育ても、岸辺で。小さなヒナたちは、時々、親鳥のお腹の中に隠れながら、水辺を歩き回ります。そのかわいらしさを思うと、冬よりも夏に観察したい気がします。

▼卵やヒナに危険が迫ると、擬傷（ぎしょう）行動をとります。羽を広げるなどして傷ついているように見せ、自分に注意を引きつけて、遠くへ誘導し、命がけで守るのです。

◆**全長：**17㎝（スズメより大きい）

◆主に留鳥または漂鳥。北の地方では、夏鳥

鴎

【かまめ】

魚の群れを追って
飛び交うカモメは、
豊かな海の象徴です。
白い翼をはばたかせて飛ぶ姿は、
青い海によく似合いますね。
夏のイメージがありますが、
冬鳥です。

大和（やまと）には　群山（むらやま）あれど
とりよろふ　天（あま）の香具山
登り立ち　国見（くにみ）をすれば
国原（くにはら）は　煙（けぶり）立ち立つ
海原は　かまめ立ち立つ
うまし国そ　あきづ島　大和の国は

——舒明（じょめい）天皇『万葉集』巻第一・二

◇◇◇◇◇◇◇◇◇◇◇◇◇◇◇◇◇◇◇◇◇◇◇

訳
大和にはたくさん山があるけれど、
特に立派な天の香具山に登り立って国見をすると、
国土には煙があちらこちらから立ち上っている。
海上にはカモメが盛んに飛び交っている。
すばらしい国だ。大和の国は……。

さまざまな「海原」の解釈

この歌には、「天皇が香具山[1]に登って国見[2]をされた時の御歌」という題がついています。

かまどの煙があちらこちらから立ち上っているということは、みんなが煮炊きをしている……。つまり、食べ物に困っていないということです。そして、海原にカモメが飛び交うというところですが……。

香具山は内陸にあり、しかも標高は百五十二メートル。ここに登っても海をのぞむことはできません。そのため、「海原はかまめ立ち立つ」の部分には、さまざまな解釈がなされてきました。

古代、香具山のふもとには、広大な埴安（はにやす）の池をはじめ、数々の池があったそうです。それらの池を海に見立てたというのが、現在では一般的な説になっているようです。とすると、海から離れていますので、この歌に出てくる「かまめ」は、内陸まで飛来する小型のユリカモメ（百

1 現・奈良県橿原（かしはら）市にある山で、天香具山（あまのかぐやま）ともいう。耳成山（みみなしやま）、畝傍山（うねびやま）とともに、大和三山のひとつ。

2 その地を治める者が、国の状態や人々の暮らしを知るために、高い場所から見渡すこと。

合鴎）ということになるのでしょう。

それにしても、「カモメが鳴けばイワシの漁あり」ということわざがあるように、カモメは魚の群れを教えてくれる存在でした。つまり海原に飛び交うカモメは、魚が大量にいることをあらわしているわけです。実り多い大地と豊かな海……。その海の方を象徴するのが、池に群がるユリカモメというのでは、どうも物足りない気がするのです。

この歌の解釈としては、実際の風景ではなく、抽象的に陸と海を詠うことによって、国土の広がりをあらわしたものという説もあります。また、太古、奈良盆地は海だったとか。この歌が作られた当時は、名残の湿地帯が広がっていたのではないかともいわれます。

ところで、『万葉集』では、「かまめ」になっていますね。「かま」は、やかましいことをあらわす古語で、「め」は、群れが変化した言葉といいます。たしかに、群れでいる時は、騒がしく鳴いています。

その「かまめ」が変化して、「かもめ」になったということです。

現在では、カモメの仲間は細かく分類されているのですが、カモメという種名のカモメもいます。カモメの中では中型で、この種がカモメの代表ということなのでしょう。

そんなカモメに対して、夏のイメージを抱いている人は多いのではないでしょうか。ですがカモメの仲間は、ほとんどが冬鳥です。和歌では、雪や月といっしょに詠まれたりもしてきました。

浪の上に　きえぬ雪かと　見えつるは
むれて浮かべる　鴎なりけり

——藤原俊成『夫木和歌抄』巻第二十七・一二八〇五

訳　波の上に消え残った雪が浮いているのかと思ったら、
群れて浮かんでいるカモメだったよ。

いずれにしても、日本がいつまでも、「かまめ立ち立つうまし国」であってほしいですね。

鳥しるべ

◆全長：40〜46㎝（ハトより大きい）
◆冬鳥

チドリ目・カモメ科

カモメ

異名：浜猫（はまねこ）、猫鳥（ねこどり）、白鴎（しろかも）、カゴメ、ゴメ

歳時記では、鴎だけでは季語にならず、「冬鴎」という形で冬の季語になっています。

夏に見られるとしたら、同じカモメの仲間のウミネコでしょう。カモメとウミネコは、どちらも同じぐらいの大きさで、よく似ています。見分けるポイントは、くちばしと尾の先の色。ウミネコのくちばしには、先の方に、赤と黒の色がついています。また、飛んでいる時の尾の先端が黒いとウミネコ、白いとカモメの成鳥です。

▼カモメ類は、もちろん魚も食べますが、じつは雑食性で何でも食べ、「海の掃除屋」と呼ばれるほどです。

▼「かもめ」の語源説にはほかに、若鳥には褐色の斑があって、それが籠（かご）の目に見えることから、籠目（かごめ）↓かもめと変化したという説もあります。とはいえ、籠を「かご」と呼ぶのは、『万葉集』よりずっと後のこと。かまめ↓かもめ↓かごめ↓ごめと変化していったと考える方が自然でしょう。

▼ウミネコは、漢字で「海猫」と書くとおり、鳴き声が猫に似ているところから、この名がつきました。とはいっても、カモメの仲間はみんな、鳴き声もよく似ています。地方によっては、カモメ類を総称して「浜猫」とも呼んだようです。

冬

都鳥【みやこどり】

この歌の「都鳥」は、ユリカモメだという説とミヤコドリだという説があります。さて真相は……。

舟競ふ　堀江の川の
水際に　来居つつ鳴くは　都鳥かも

――大伴家持『万葉集』巻第二十・四四六二

◇◇◇◇◇◇◇◇

訳　舟が漕ぎ競う堀江の川の水際にやってきて鳴いているのは、「都鳥」だなあ……。

ユリカモメかミヤコドリか

ユリカモメが、昔は「都鳥」と呼ばれていたことをご存じの方は多いのではないでしょうか。

その典拠となったのが『伊勢物語』（115ページ注釈）です。主人公の男（在原業平）が東下り[1]の途中で隅田川まで来た場面に、

「白き鳥の、はし[2]とあしと赤き、鴫の大きさなる、水の上に遊びつつ魚を食ふ。京には見えぬ鳥なれば、みな人見知らず。渡守[3]に問ひければ、『これなむ都鳥』といふを聞きて」

という一節があります。白い鳥で、くちばしと脚が赤く、シギぐらいの大きさ……。シギにもいろいろあるのですが、すべての条件が当てはまるということで、ユリカモメだとされてきました。

ユリカモメが、京都の鴨川に飛来するようになったのは、昭和四十九年頃からだそうです。だから、「京には見えぬ鳥なれば、みな人見知ら

1 京都から、東国方面（関東地方）へ行くこと。

2 くちばし。

3 渡し舟の船頭。

ず」だったのでしょう。

ところで、現在、ミヤコドリという標準和名を持つ鳥がいます。どちらかというとシギやチドリに近い種で、ユリカモメより大きく、くちばしと脚は赤ですが、背中は黒。海岸や干潟を歩きながら、主に貝を食べる鳥です。

そして、冒頭に紹介した歌は、ユリカモメではなく、現在のミヤコドリだという説が根強くあるのです。この説に従うと、『伊勢物語』以降の都鳥はユリカモメ、それ以前は、現在のミヤコドリだということになります。

『万葉集』に登場する「都鳥」の歌は、この一首だけ。聖武天皇が七五六年に難波宮に行幸した際、同行した大伴家持が作った歌です。

家持が鳥についての説明を書いてくれていれば手がかりになるのでしょうけど、残念ながらそれもありません。

都鳥はミャーコ鳥

『伊勢物語』の成立は、九〇〇年頃。その後、江戸時代の歳時記に至るまで、都鳥はユリカモメだという説が受け継がれてきました。

ところが江戸時代の学者・貝原益軒は、『大和本草』[4]の中に、「今案[5]、西土にて都鳥と称する鳥あり。背は黒く、腹脇白く、嘴と足と赤し。嘴長し。ケリの形に似て、その形うるはし。『伊勢物語』にいへる都鳥、これなるか」

と記します。これは、まさしく現在、標準和名になっているミヤコドリの姿です。「今案」とあることから推し量ると、貝原益軒の思いつきから、新しいミヤコドリ説が浮上したということになります。

それにしても「西土」は普通、中国やインドをさす言葉。日本の西の地方と考えても、『伊勢物語』では隅田川で見たというのですから、矛盾していますね。いったいどこから得た情報なのかも書かれていません。

4 江戸時代、貝原益軒が著した本草書。「本草」は薬用になる植物、動物、鉱物の総称。

5 今、新しく思いついた考え。

ところがこれ以降、『和漢三才図会（わかんさんさいずえ）』[6]や『鳥名便覧（ちょうめいべんらん）』[7]などの影響力のある書物が、背の黒いミヤコドリ説を支持しています。そのまま、現在に至っているのでしょう。

「みやこどり」の語源は、鳴き声の「ミャー」に親しみをあらわす接尾語「こ」をつけた「ミャーコ鳥」がなまったものといわれます。

ユリカモメは、どちらかというと「ギャー」に近いのですが、「ミャー」と聞こえなくもありません。

また、「みやこ鳥」という名はカモメの仲間の総称でもあったようです。他のカモメ類には、はっきり「ミャー」と鳴く種がいます。『伊勢物語』の渡守も、細かい分類を考えずに、「これはカモメだ」と答えたのかもしれませんね。

実際の姿は詠われなかった都鳥

渡守から名前を聞いた業平は、次のような歌を詠みました。

6 大坂の医師・寺島良安（てらじまりょうあん）が三十年をかけて編纂し、一七一二年刊行された、図入りの百科事典。

7 一八三〇年、薩摩藩主・島津重豪（しまづしげひで）の命で編纂された鳥名辞典。

名にし負はば　いざこと問はむ　都鳥
わが思ふ人は　ありやなしやと

――在原業平『伊勢物語』九段

訳　「都鳥」という名前を持っているのなら、教えておくれ。私の思うあの人は元気でいるのかどうか。

遠い都に残してきた愛する人を思う気持ちが、素直に伝わってくる名歌です。この歌は多くの人の共感を呼びました。そして、以後「都鳥」というと、この歌の流れを受け継いで、「都鳥」という名から連想される事柄ばかりが詠まれています。実際のユリカモメの姿を映したものは、ほとんどないといっていいぐらいです。都という名を背負ったばかりに、本当の姿を見てもらえなくなってしまったのですね。

ちなみに背が黒い方のミヤコドリの語源はよくわかっていません。「ピューリー」という感じで鳴くので、鳴き声からきた名前ではないでしょう。説明がつかないからか、『万葉集』に都鳥と詠まれたので、以降、都鳥と呼ばれるようになったという説が通っているようです。冒頭の歌を、「都の堀江の川に来て鳴いているから、都鳥と呼べばいいのかなあ」と解釈しているわけです。つまり、家持が名づけたことになりますね。とすると、なぜ平安時代から江戸時代まで、ユリカモメが都鳥と呼ばれていたのでしょう。これは謎のままです。

さて、この歌が詠まれたのは三月二十日。旧暦ですから、今の暦に直すと四月の終わり頃になります。すでにずいぶんシベリアの方へ渡ってしまっている時期でしょう。でも、難波宮のような海岸に近い場所では、まだ残っていると思います。

「堀江」とは、難波宮の人工の川のことです。その難波宮があったすぐ近くに、今は大阪城公園があり、冬になると、その堀には今でもユリカモメが集います。かつて都鳥と呼ばれたことも、遠い昔。もちろん、都のことを尋ねても、何も答えてはくれません。

鳥しるべ

チドリ目・カモメ科

ユリカモメ

異名：都鳥、鳥鴎（けりかもめ）

水辺のある公園などでおなじみではないでしょうか。他のカモメ類と違って、川に沿って内陸部まで入ってくるので、「入りかもめ」となり、これが変化したといわれます。語源説には、ほかに「入江鴎」が変化したという説、奥地を意味する「ゆり」がついて、「ゆり鴎」となったという説などがあります。漢字で書くと「百合鴎」。当て字ですが、群れている姿は、咲き乱れる白百合の花を連想させますね。

▼白いといっても、背中は薄い灰色。くちばしが赤いといっても、先端は黒です。

▼まだ若いうちは、くちばしや脚は黄色く、三年目ぐらいになって、ようやく赤くなるそうです。

▼冬は頬のうっすらと黒い斑が、かわいいですね。春に海辺に行くと、夏羽になった顔の黒いユリカモメが見られることでしょう。キョトンとしておどけた感じに見えます。

▼ちなみに、チドリ目・ミヤコドリ科のミヤコドリも同じく冬鳥。一時期、ずいぶん減少し、近年、少しずつ増えているとはいえ、どこでも見られるというほどではありません。全長40～47cmで、ユリカモメより少し大きめです。

◆**全長**：37～43cm（ハトより大きい）
◆冬鳥

鳰【にお】

「鳰」はカイツブリの古名です。
小さな水鳥で、水にもぐるのが得意。
泳いでいても、急に見えなくなって、
思いもよらないところから
出てきたりします。

にほ鳥の　潜(かづ)く池水
心あらば　君に我が恋ふる　心示さね

——大伴坂上郎女『万葉集』巻第四・七二五

◇◇◇◇◇◇◇◇◇◇◇◇◇

訳　カイツブリがもぐる池の水よ。
もしおまえに心があるのなら、
君をお慕いする私の心を示しておくれ……。

潜水の名人

カモたちといっしょに泳いでいる、ひときわ小さな茶色い水鳥がいたら、それはカイツブリでしょう。カモと思われがちですが、カモの仲間ではありません。しきりに水にもぐって小魚を獲って食べます。ですから、ちょっと目を離すと、見えなくなってしまうこともしばしば。

「カイツブリ」という名前が使われ出したのは、室町時代からのようで、古くからの呼び名は、「鳰（にお）」といいました。

「鳰」という漢字は国字です。水に入る鳥という意味で作られたことは想像がつきますね。「入」の音読みは、昔の仮名遣いでは「にふ」。これが「にほ」になったのだとか。

そういえば、かつて琵琶湖は、「鳰の海（湖）」とも呼ばれました。きっと、カイツブリがよく見られたのでしょう。

さて冒頭の歌は、詞書に、大伴家持の叔母にあたる大伴坂上郎女が、聖武天皇に差し上げた歌だと書かれています。

池の水の中は見えません。でも、いつももぐっているカイツブリなら、中の様子はよくわかっていることでしょう。豊かできれいな水だということが。心の中も、池と同じように外からは見えません。それでも、純粋な恋心をわかってもらいたい……。そんな一途な思いが伝わってきます。カイツブリが出てくることで、池の水にいきいきとした動きが感じられる歌になっていますね。

仲のいいカップルの代名詞

カイツブリは一年中見られる鳥です。ですから、『万葉集』はもちろん、和歌の世界でも、特に季節を問わない鳥でした。

冬の風物として確定したのは江戸時代のようです。その理由のひとつは、鳴き声が寒々しいことだといいます。

カイツブリは、小さなからだに似合わぬ大きな声で、「キリリリ……」

といなきのような抑揚のある鳴き方をします。少なくとも江戸時代の人は、冬の風にふるえているように聞いたのかもしれません。

また、冬によく目立つという理由もあるそうです。ですが、印象的なのは、早春から初秋にかけての繁殖期ではないかと思います。「鳰鳥の」という枕詞は、「潜く」や「息長」のほかに、「二人並び居」にもかかります。これは、巣作りをし、子育てをしている時の姿。それ以外の時期は、一羽でいることも多いのです。

また「しなが鳥」も、カイツブリの異名だといわれます。ほかの鳥だという説もあるのですが、「し」は息のことで「息長鳥」、あるいは「沈み長鳥」が変化したという語源説を考えると、やはりカイツブリなのでしょう。

「しなが鳥」は、地名の「安房」[1]と「猪名」にかかる枕詞としても用いられました。「猪名」の方は、雌雄いっしょにいるという意味の「居並ぶ」、または「率る」の「ゐ」と、猪名の「ゐ」をかけたものだといい

1 「安房」にかかる理由は、水の中から水面に出てきたときの鳴き声からきているといわれるが、カイツブリがそんな声を出すかは疑問。

ます。

仲のいいカップルの代名詞といえば、今ではオシドリですが、万葉の歌人たちにとっては、カイツブリだったようですね。ちなみに「鴛鴦(おしどり)の」は「憂き」にかかる枕詞です。

鳰の浮巣

そんなカイツブリは、水面に巣を作ります。小さな島が浮いているように見えるので、「鳰の浮巣(うきす)」と呼ばれ、しばしば、不安定なもののたとえに使われてきました。

はかなしや　風に漂(ただよ)ふ　波の上に
鳰の浮巣の　さても世にふる

——式子(しょくし)内親王『新千載和歌集』巻第十六・一八二四

訳　はかないものですね。風に漂いながら波の上に浮いている
鳰の浮巣のように、頼りなく運命にまかせて
私も生きているのですから。

とはいえ、カイツブリの巣は、浮いているのではなく、葦や水草などにからめたりして、固定しているそうです。意外としっかりしていて、水位の変化に対応できるという利点があるといわれます。

それでも、台風などの災害にみまわれたり、天敵に襲われたりしやすいため、何度もやり直すのだそうです。繁殖期がほかの鳥より長いのは、そのためです。

はかないと嘆くよりも、厳しい大自然の中で、懸命に生きているのですね。

ひなは、小さいうちは、よく親鳥の背中の羽の中に入っています。背中から顔をのぞかせた時のかわいらしさといったら……。こんなに愛らしいのに、ひなを詠った歌が見当たらないなんてとっても残念です。

鳥しるべ

カイツブリ目・カイツブリ科

カイツブリ

異名：鳰、しなが鳥、浮巣鳥（うきすどり）、一丁潜（いっちょうむぐり）

湖、池、川、ため池など、さまざまな水辺にいます。冬は、カモが群れ泳ぐ中で、少し離れて泳いでいるのをよく見かけます。尾がとても短く、全体にまるい体型です。

目もまんまる。黒い瞳のまわりは、淡い黄色。そして、くちばしの付け根に白い斜めの模様があります。これが口のようにも見えるのです。得意げな表情のようにも、笑顔のようにも見えて、親しみが感じられます。

▼夏は、からだの色が全体に濃くなり、首のあたりの栗色が目立ちます。冬は淡い褐色に変わります。

▼卵を抱くのも、子育ても、雌雄共同で行うそうです。どちらも同色で、外見だけではなかなか見分けられません。

▼ひなは、孵化するとすぐに泳げるのだとか。それでも、親鳥の背中に入れてもらうのですね。少し大きくなっても、数羽で親鳥の背中を取り合いっこしているような場面を見ることもあります。

▼カイツブリの語源は、「掻（か）きつ潜（むぐ）りつ（＝掻いたりもぐったり）」、あるいは「掻き水潜り」が変化したといわれます。また、「かい」はたちまちという意味で、「つぶり」は水に没する音だという説もあります。

◆全長：25〜29㎝（ムクドリより大きい）
◆留鳥または漂鳥

冬

鷲【わし】

ワシの鳴き声って想像できるでしょうか。
鳥の王者ともいわれてきたワシ。でも意外とかわいい声です。

筑波嶺に　かか鳴く鷲の
音(ね)のみをか　泣き渡りなむ　逢ふとはなしに

――作者未詳『万葉集』巻第十四・三三九〇

◇◇◇◇◇◇◇◇◇◇◇◇◇

訳　筑波の峰で、カカッと鳴くワシのように、
声をあげて泣きながら過ごしていくのだろうか。
逢うこともなしに……。

ワシの鳴き声

ワシとタカは、どう違うのかご存じでしょうか。じつは、分類学上の区別はありません。一般に、タカ目の鳥の中でも大型の種をワシ、小型の方をタカと呼んでいます。とはいえ、例外もあります。たとえば、タカの仲間には、カンムリワシ（冠鷲）より大きな鳥もいますし、クマタカ（熊鷹）はイヌワシ（犬鷲・狗鷲）と変わらないぐらいの大きさです。ですが、やはりワシは、古くから鳥の王者として語られてきました。

さて、日本で見られるワシと名のつく鳥は、オオワシ（大鷲）、オジロワシ（尾白鷲）、イヌワシ、カンムリワシなどです。ただし、カンムリワシは石垣島と西表島（いりおもてじま）だけにしか生息しません。また、オオワシやオジロワシは、主に北海道で見られます。

かつては、ワシといえばイヌワシをさしたそうです。そのイヌワシも、すっかり減ってしまい、なかなか見られない存在になってしまいました。

ところで、イヌワシの「イヌ」は、軽んじる気持ちをあらわす場合によく用いられる接頭語です。どうしてこのような名前がついたかについては、オオワシに比べて劣るという意味だという説や、昔はたくさんいて価値がなかったという説などがあります。

冒頭の歌のように、あまり鳴かないワシの声を、泣きながら過ごすたとえに使うぐらいですから、たくさんいたのかもしれません。

ちなみにイヌワシの声は、「クワッ、クワッ」とか「ピョッ、ピョッ」などと書きあらわされます。外見に似合わず、意外とかわいらしい声です。子犬のような声にも聞こえるので、もしかしたら、これが名前の由来なのかもしれません。

どちらかというと、オオワシやオジロワシの方が、「カカッ」に近い声です。この歌に詠まれているのも、オオワシやオジロワシの可能性もあるでしょう。

でも、悲し気に聞こえるのは、イヌワシの方のような気がします。

「上見ぬ鷲」

ワシの語源説はさまざまですが、大空に輪を描くように飛ぶことから、「輪如(わし)」という説が有力なようです。また、「し」は「キジ」「アオジ」のように、鳥をあらわす接尾語だという説もあります。

いずれにしても、悠然と大きな翼を広げて飛ぶ姿が、ワシのイメージではないでしょうか。

又はよも　羽をならぶる　鳥もあらじ
上見ぬ鷲の　空の通ひぢ

——藤原信実『夫木和歌抄』巻第二十七・一二六六八

訳　よもや、羽を並べて飛ぶ鳥もないでしょう。何も恐れる必要のないワシが通う空の道には。

ワシは空から襲われることはありません。ですから、上を警戒する必要がないということです。

転じて、「上見ぬ鷲」は、何も恐れず、誰にも遠慮をしないような人、あるいは、そんな地位のたとえとしても使われるようになりました。

でも、ワシの場合は、そんな気楽なものではないでしょう。

野生動物の世界では、食う・食われるの食物連鎖の関係が成り立っています。食われるものから食うものへと連鎖を図にすると、だんだん数が減っていくピラミッド型になります。

ワシのように生態ピラミッドの頂点に位置する生き物は、もともと数が少ないのです。こうして、自然界はバランスをとってきました。底辺の小さな生き物の数が減ると、頂点にいる生き物は生きてはいけません。ワシたちが生存するには、それだけ豊かな自然が必要だということです。

イヌワシは、オオワシ、オジロワシとともに、絶滅危惧種に指定され、さらに、国内希少鳥類四十五種[1]の中にも入っています。

今頃、本当に悲しんで鳴いているのかもしれません。

1 2021年4月1日現在、環境省HP「国内希少野生動植物種一覧」より。

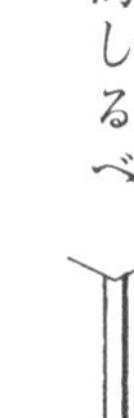

タカ目・タカ科

イヌワシ

異名：黒鷲（くろわし）、熊鷲（くまわし）

英名は、ゴールデン・イーグル(Golden Eagle)。全体に茶色いのですが、頭の上から首の後ろの羽が、金色に見えることから、こう呼ばれます。「イヌワシ」に比べると、いかにも王者らしい名前ですね。

大変広いなわばりを持ち、主にノウサギなどを獲物にして、つがいか一羽で生活するといいます。つがいの場合は、一方が追い立てて、もう一方が捕らえるなど、雌雄が協力して狩りを行うのだそうです。

▼多くの鳥が、春から夏に繁殖するのに、イヌワシは冬。巣は、人里離れた山岳地帯に作るそうです。

▼卵は二個ぐらいしか産みません。それなのに、先に孵化したヒナは、あとから孵ったヒナを殺してしまうといいます。親鳥も、それをとめようとはしないらしいのです。食料が乏しい環境での子育てなので、一羽だけでも確実に育てるための知恵なのかもしれません。とはいえ、十分えさがある場合でも殺してしまうこともあって、なぜこういうことが起こるのかは、よくわかっていません。

▼オオワシ、オジロワシとともに、国の天然記念物、希少鳥獣、絶滅危惧種に指定されています。

◆**全長：**オス78〜86㎝、メス85〜95㎝（カラスよりずっと大きい）
◆留鳥（九州以北）

鷹【たか】

『万葉集』のタカの歌は、鷹狩りにちなんだものばかり。その鷹狩りに用いる代表的なタカはオオタカです。

矢形尾(やかたお)の　鷹を手に据ゑ
三島野(みしまの)に　狩らぬ日まねく
月そ経にける

——大伴家持『万葉集』巻第十七・四〇一二

◇◇◇◇◇◇◇◇◇◇◇◇

訳　矢形尾のタカを手に据えて、三島野で狩りをしない日がたび重なって、ひと月が過ぎてしまった……。

鷹狩り

昔は、「鷹狩り」[1]といって、タカを使った猟を盛んに行っていました。『万葉集』に収録されているタカの歌は、すべて鷹狩りにちなんだものになっています。作者はどれも、大伴家持。彼は自らタカを飼って、鷹狩りを行っていたようです。それも、かなり熱中していたことがうかがえます。

この歌は、家持のお気に入りのタカが逃げてしまったという長歌に添えられた反歌です。そのタカは「大黒（おおぐろ）」という名前でした。長歌の「矢形尾[2]の我が大黒」と書かれている部分の下に、「大黒は蒼鷹（おほたか）の名なり」と注があります。ここから、家持のタカもオオタカだったことがわかります。鷹狩りに用いられる代表的なタカです。家持は、大黒を手にとまらせ、意気揚々と三島野に出かけ、鷹狩りを楽しんでいたのでしょう。

ところで、『万葉集』では「蒼鷹」と書かれていますが、オオタカは、

1 タカを飼いならし、放っても戻ってくるようにしつけ、タカが飛びかかって獲物をつかんだところを、犬や人が走って行って捕らえるという方法。狩りの獲物はノウサギやカモなど。

2 山形の模様になっている尾のこと。

普通、漢字で「大鷹」と書くので、大きな鳥かと思われがちです。

じつは、カラスほどの大きさ。タカの仲間は意外と小さく、オオタカでも大きい方なのです。また、「あおたか」が変化したという説もあります。古くは、青みがかった灰色も、「あお」といいました。実際、『万葉集』にも「蒼鷹」と書かれているのですから、こちらが正しいのかもしれません。

さて、鷹狩りの場では、「おおたか」というと、メスのオオタカをさしたそうです。オオタカに限らず、タカの仲間はたいていメスの方が大きくなっています。鷹狩りでは大きなメスの方が重んじられました。

よく、夫より妻の方が大きい夫婦を、「蚤(のみ)の夫婦」といいますね。ノミもメスの方がオスよりからだが大きいからなのですが、「鷹の夫婦」といった方がかっこいいのにと思ってしまいます。

「はしたかの」という枕詞

タカは、タカ科の鳥のうち、中型から小型のものをさします。オオタカのほかにハトぐらいの大きさのハイタカ（鷂・灰鷹）や、さらに小さいツミ（雀鷹）、オオタカと同じぐらいで、ネズミなどを食べるノスリ（鵟）、蜂を食べるハチクマ（蜂熊）、群れで渡りをするサシバ（差羽・鸇）、葦原などで狩りをするチュウヒ（沢鵟）、ワシといえるほど大きなクマタカ（熊鷹）、そして、おなじみのトビ（鳶）などです。

さて、鷹狩りは、殺生を嫌う聖武天皇や孝謙天皇の時代に、禁止されたこともあったといいます。とはいえ、その後も盛んに行われました。

なかでもハイタカは、オオタカと並んで、よく鷹狩りに用いられたようです。「灰鷹」とも書きますが、これは当て字。たしかに、灰色っぽいのですが、昔は「はしたか」と呼ばれていました。「はし」は、速いという意味で、小型ですばしっこいタカというのが語源だといいます。

やがて、「はしたかの」は、枕詞としても使われるようになりました。羽や尾の関連でかかる場合もあるのですが、鷹狩りにはタカを紐につないで鈴をつけることから、「すず」という言葉にもかかります。

はしたかの　すずの篠原　狩り暮れて
入り日の岡に　きぎす鳴くなり

――土御門院『続古今和歌集』巻第六・六四三

訳　丈が低く細い竹の生い茂っている野原で狩りをして日が暮れて、夕日が沈んでいく岡にキジが鳴いているよ。

ですが、紐でつながれたタカは、本来の姿ではありません。肉眼では見えなくなるほど、天高く飛ぶタカ。厳しい大自然で生きるために猛々しく獲物を襲うタカ。そして、鳥影を見つけても、あっという間に大空を横切ってしまうタカ……。そんな、ありのままのタカの姿をこそ、見守っていきたいと思います。

鳥しるべ

タカ目・タカ科

オオタカ

異名：蒼鷹

鷹は冬の季語。その理由は、かつて冬にメスのオオタカを使って行う「大鷹狩り」が行われたことだそうです。鷹狩りを抜きにしても、カモなどが渡って来ると、それを獲物にするので、実際に目にする機会は冬の方が多いといえます。そんな時期は、木の枝にとまって、じっと獲物を狙っていることもあります。

一時はすっかり減少しましたが、近年、ドバトを獲物にするようになり、持ち直しているそうです。

▼「能ある鷹は爪を隠す」ということわざがありますね。ネコでしたら、脚の中に爪を隠すことができますが、タカの爪はそんな構造にはなっていません。空を飛ぶ時には、脚ごと羽毛の中にしまっていることもあります。

▼春と秋の渡りの時期にタカの渡りのポイントに行くと、サシバやハチクマなどの渡りをするタカが、群がって渡って行くところが見られます。天気がいいと、多くのタカが上昇気流にのって舞い上がっていく「鷹柱(たかばしら)」が見られることもあります。

▼「たか」の語源説は多く、高く飛ぶから「たか」、猛(たけ)き鳥だから「たけ」がなまった、速く飛ぶから「疾(と)く」が変化した、手飼鳥(たがいどり)という意味だという説まであります。

◆全長：オス50㎝、メス56㎝(カラスぐらい)
◆留鳥(九州以北)

無季の鳥

鶚【みさご】

みなさんは、ミサゴという鳥をご存じでしょうか。魚を専門に捕らえて食べる猛禽類で、「魚鷹（うおたか）」とも呼ばれます。ただし、大きな分類ではタカ目に入るものの、タカ科の鳥ではなく、ミサゴ科に分類される鳥です。

本によっては、タカの仲間として、冬の季語扱いとしているものもありますが、普通はタカの副題[1]にも入っていません。ですから、ここでは無季の鳥という扱いにしたいと思います。

『万葉集』では、六首に登場します。とはいえ、ミサゴの様子を詠った歌はありません。「みさご居る」という形で、磯や洲という言葉を導くものばかりです。

みさご居る　沖つ荒磯（ありそ）に　寄する波

[1] 傍題ともいう。歳時記で、見出しとなっている季語の異名や、見出し語に準じて用いられる季語のこと。

タカ目・ミサゴ科

ミサゴ

◆**全長**：オス54㎝、メス64㎝（カラスより大きい）
◆ほぼ留鳥

異名：魚鷹、海鷹、雎鳩（しょきゅう）、覚賀鳥（かくが（か）とり、かくが（か）のとり

▶準絶滅危惧種。水辺の橋げたや海に突き出た杭などにとまっていることもある。

行方（ゆくへ）も知らず　わが恋ふらくは

——作者不詳『万葉集』巻第十一・二七三九

訳　ミサゴのいる沖の荒磯の寄せる波のように、行方もわからない。私の恋する思いは。

大きな翼を広げて、悠々と飛ぶ姿は、下から見上げると、白が目立ち、空の青に美しく映えます。ふと、上空で停止したと思うと、翼をすぼめて一気に急降下。水しぶきをあげながら、両足で、みごとに魚をつかみ取るのです。

そんな勇壮な姿が、荒磯のイメージと重なったからでしょうか。たいてい海の情景とともに詠まれてきました。「海鷹」という異名も持っています。

ですが、池や川などの淡水の水辺でも見かけます。飛んで行くところをよく見ると、両足に魚をつかんでいることもしばしば。落ち着いて食べられる場所まで持って行ってから食べるのです。

そんなミサゴの語源は、「水探る(みずさぐる)」からきているといいます。でも、探るというよりは、狙いをぴたりと定めて捕らえる感じです。

中国最古の詩集『詩経』[2]にも、夫婦仲がよく、礼儀をわきまえた鳥として描かれています。それが日本にも伝わって、漢名の「雎鳩(しょきゅう)」は、しとやかで貞淑な女性のたとえにも使われました。そういえば、ミサゴが登場する『万葉集』の歌も、恋の歌ばかりです。

他の猛禽類と同じようにメスの方が大きいのですが、一夫一妻で、協力して子育てをするといいますから、本当に仲がいいのでしょう。

世界中に生息し、英名は「オスプレイ」。アメリカの軍用機の名称になってからは、和名より英名の方がずっと有名になってしまったようですね。

一方、本家のミサゴは、近年持ち直しているとはいうものの、準絶滅危惧種に指定されたままです。

2 中国最古の詩集。紀元前十一世紀頃から紀元前六世紀頃の作品群と推測されている。

行方もわからないと嘆く『万葉集』の歌が、ミサゴのペアたちの嘆きになりませんように……。

烏【からす】

カラスの鳴き声を書きあらわすとしたら、やはり「カアカア」になるでしょうか。ところが、『万葉集』には、こんな歌があります。

烏とふ　大をそ鳥の
真実(まさで)にも　来(き)まさぬ君を　児(こ)ろ来(く)とそ鳴く

――作者未詳『万葉集』巻第十四・三五二一

訳　カラスという、大変そそっかしい鳥が、よくもまあ、おいでにならないあの方のことを、「あの人が来るよ」なんて鳴くよ。

この歌では、カラスの鳴き声を「コロク」と聞き、あの人が来るという意味の「児ろ来」にかけているのです。

ちょっと巻き舌ぎみに鳴いているカラスは、そんなふうに聞こえないでもありません。おそらく、この歌に詠われたカラスは、ハシブトガラス（嘴太烏）でしょう。

単に「カラス」という鳥はいません。普通に見かけるのは、ハシブトガラスかハシボソガラス（嘴細烏）。「嘴（はし）」とはくちばしのことで、その名のとおり、太い方がハシブトガラス、細い方がハシボソガラスというわけです。

からだはハシボソガラスの方が少し小さめで、おでこからくちばしのラインがなだらかになっているのも特徴です。

また、鳴き方も違います。おじぎをするように頭を下げながら「ガァー」と濁った声で鳴くのが、ハシボソガラス。一方ハシブトガラスは、ふだんは「カアー」と澄んだ声で鳴きますが、濁った声を出すこともあり、結構いろいろな鳴き方をします。よく聞いていれば、「コロ

スズメ目・カラス科

ハシブトガラス

◆**全長**：57㎝
◆留鳥

異名：孝鳥、慈鳥、鬙鳥

▶都会に多いのはハシブトガラス。農耕地や河川敷には少ない。

ク」と聞こえる時があるかもしれませんね。

カラスの「ス」は、鳥をあらわす接尾語。「カラ」は鳴き声からきているといいます。こちらも、ハシブトガラスをさしているのでしょう。『万葉集』のカラスの歌は、四首。そのうちのもう一首を紹介しましょう。

朝烏（あさがらす）　早くな鳴きそ
わが背子（せこ）が　朝明（あさけ）の姿　見れば悲しも

——作者未詳『万葉集』巻第十二・三〇九五

訳　朝のカラスよ、そんなに早く鳴かないでおくれ。
私の愛する人が夜明けに帰っていく姿を見ると悲しい。

カラスは早起き。スズメがまだ起きていない夜明け前でも、もう鳴きながら飛んでいます。昔の人も、カラスの声が聞こえると、夜明けが近いということを知っていたのでしょう。

これらの歌からは、昔もカラスが身近な存在であったことがうかがえます。

そういえば、カラスは古代、山の神の使者だとされたようです。また、『日本書紀』などの神話では、日の神「天照大神（あまてらすおおみかみ）」の使いとして、八咫烏（やたがらす）[3]が登場します。

「孝鳥（こうちょう）」や「慈鳥（じちょう）」もカラスの異名です。親孝行の鳥、慈しみ深い鳥、それがカラスだというのです。昔は、カラスは成長すると、今度は食べ物をとってきて口移しで親に食べさせ、恩返しをすると信じられていたようで、そこから生まれた異名です。

ところが、カラスの子は、そのようなことはしません。それどころか、巣立ってからも、しばらくの間は親からえさをもらって暮らします。おそらく、親と変わらない体格に成長したひなの方を、親と間違ってしまったのでしょう。

今ではそんな逸話や異名も忘れられ、どちらかというと嫌われ者に

3 「咫（あた）」は長さの単位。親指と中指を広げた長さ。「八咫烏」は、頭の大きさが八咫（やた）もある大きなカラスのこと。

なってしまいました。ですが、『万葉集』の歌からは、カラスに対する親しみさえ感じられるようです。

腐肉や死肉を食べるカラスは、自然界の掃除屋ともいえます。現在のように、ゴミがあふれてはいなかった時代、昔の人々にとっては、迷惑な存在ではなかったのでしょう。

いつの頃からかわかりませんが、カラスは、「囂鳥（かしましどり）」とも呼ばれるようになりました。囂しい鳥、つまり騒々しい鳥だということです。もともとハシブトガラスは山の中の森で暮らしていた鳥。遠くにいる仲間を呼び合うために、大きな声が備わったといいます。

とはいえ、少なくとも万葉の時代は、うるさいとは思われていなかったのではないかと思います。これらの歌の作者のように、カラスの鳴き声に自分の心を重ねて一喜一憂していたのではないでしょうか。

春の季語にもなっている謎の鳥

呼子鳥【よぶこどり】

『万葉集』には、何の鳥か特定できない鳥も登場します。その最も代表的なものが、「呼子鳥（喚子鳥）」です。

この呼子鳥は、百千鳥や、稲負鳥（いなおおせどり）とともに「古今伝授」の秘伝三鳥とされました。ところが固く秘事とされたため、いつしか何の鳥をさすのかわからないままになってしまったのです。

『徒然草（つれづれぐさ）』[1]（第二一〇段）に、「喚子鳥は春のものなりとばかり言ひて、如何（いか）なる鳥とも、さだかに記せる物なし」とありますから、もう鎌倉時代には謎の鳥になっていたようです。

以来、さまざまな説がささやかれてきました。先ほどの『徒然草』で、吉田兼好は、鵼（ぬえ）（トラツグミ）ではないかといっています。ほかにも、カッコウ、ホトトギス、ツツドリ、ウグイス、ヤマドリ……。いやいや、もともと特定の鳥のことではなく、人を呼んでいるように聞こえれば呼

1 鎌倉時代後期の随筆。著者は吉田兼好。

カッコウ目・カッコウ科

ツツドリ

◆**全長**：32㎝（ハトぐらい）
◆夏鳥

異名：ふふとり、ぽんぽん鳥

▶夏の季語。ウグイス科のセンダイムシクイなどに托卵（60ページ参照）する。

子鳥といっていいのだという説や、猿だという説まであります。

ところで、「古今集秘伝三鳥」といっても、『古今和歌集』には次の一首しか詠まれていません。

をちこちの　たづきも知らぬ　山中に
おぼつかなくも　呼子鳥かな

――よみ人しらず『古今和歌集』巻第一・二九

訳　どこがどこやら見当もつかない山の中で、頼りなく鳴いている呼子鳥よ。

ですが、『万葉集』には九首も詠まれています。

これらを総合して考えると、鳴き声が誰かを呼んでいるように聞こえること、鳴きながら山を越えること、悲しさがつのるほどよく鳴くこと、夜も鳴くこと、朝霧にぐっしょり濡れて鳴き渡ること、春から夏の鳥とされること……[2]。それらをていねいに検証した中西悟堂（なかにしごどう）[3]は、最初、カッコウだと特定しました。現在でも、カッコウ説を支持する研究者は多いようです。

ところが、中西悟堂は、のちにツツドリに変更しています。というのも、『万葉集』の呼子鳥を詠んだ歌の中に、「天平四年三月一日、佐保の宅(いへ)にして作る」という詞書がついている歌があるのです。この日付を太陽暦に直すと、四月四日になります。

カッコウ、ホトトギス、ツツドリは、同じ仲間の鳥で、俗に「トケン類」[4]と呼ばれます。外見はそっくりで、日本には五月頃に渡ってくる夏鳥です。現に『万葉集』にも、ホトトギスは「立夏の日に来鳴くこと必定(ひつじょう)なり」と書かれています。

普通に考えると、四月四日はトケン類が来るには早すぎます。ですが、中西悟堂は、「トケン類の中では、ツツドリの飛来が最も早い。四月四日にいる可能性があるのはツツドリだ」という理由で、呼子鳥をツツドリとしたのです。

2 『万葉集』の九首中、六首が春の歌、一首が夏の歌、残り二首がただの雑歌に入れられている。

3 一八九五−一九八四年。大正から昭和にかけて活躍した歌人、詩人、野鳥研究家。「日本野鳥の会」の創始者。

4 ホトトギスの漢名「杜鵑」を音読みしたもの。

その四月四日に詠まれたという歌がこちらです。

世の常に　聞けば苦しき　呼子鳥
声なつかしき　時にはなりぬ

——大伴坂上郎女『万葉集』巻第八・一四四七

訳　いつもなら聞けば苦しい呼子鳥の声が、
なつかしく感じられる時節になったなぁ。

ツツドリは、くぐもった声で「ポポ、ポポ、ポポ……」と延々とつぶやくように鳴きます。それが筒を叩(たた)くように聞こえるところから、「筒鳥」という名がついたといいます。

なるほど、トケン類の中では一番暗い響きです。そんな声が森の奥から聞こえてくるのですから、頼りなく感じたり、苦しくなったりするというのもわかるような気がします。

呼子鳥は謎の鳥のまま、現在も春の季語です。ところがツツドリだとすると、こちらは夏の季語になっています。それは、カッコウ説を採用しても同じこと。おそらく永遠の謎として、呼子鳥は伝えられていくのでしょう。

容鳥【かおどり】

呼子鳥と並んで、たくさんの説があるのが、「容鳥（貌鳥）」です。古くから、「かお」は、容姿の美しいことだと解釈されてきました。

美しい鳥といっても、たくさんいますね。そこで、キジ、オシドリ、カワセミなど、さまざまな説が生まれました。

また、フクロウやミミズクだという説もあります。大きな顔からの連想でしょうか。

ところで、『万葉集』に詠まれた容鳥の歌は五首。そのうちの四首ま

カッコウ目・カッコウ科

カッコウ

◆**全長**：33〜36㎝(ハトぐらい)
◆**夏鳥**

異名：閑古鳥

▶夏の季語。モズ類、ホオジロ類、ヨシキリ類などいろいろな鳥に托卵する。

でが、容鳥のあとに、「間なくしば鳴く」と続きます。たとえば、

かほ鳥の　間なくしば鳴く
春の野の　草根の繁き　恋もするかも
——作者未詳『万葉集』巻第十・一八九八

訳　かお鳥がしきりに鳴く春の野の、草の根が生い茂るように絶え間もない恋をするもんだなあ。

もう一首も、「時終へず鳴く」とあり、容鳥は、とにかくひっきりなしに鳴く鳥のようです。とすると、キジやオシドリやカワセミには当てはまりません。また、フクロウやミミズクでもないでしょう。

そこで浮上してくるのが、カッコウ説です。

鳴き声がそのまま名前になったカッコウ。漢名でも鳴き声のままの「郭公」、英名もｃｕｃｋｏｏ。ほかにも多くの国で、同じような名前がついています。

その声を、「カッホー、カッホー」と聞いて、「かほ鳥」になったというのです。この説は大変説得力があります。実際、今のところカッコウ説が最も支持されているようです。

なるほど、カッコウは鳴き出すと、立て続けに鳴きます。その後も童謡などで親しまれてきたのですから、『万葉集』にカッコウが出てこないというのも不思議ですものね。

そういえば、童謡では、明るく表現されているカッコウですが、万葉人には、せつなく侘しげに聞こえたようです。たしかに、聞きようによっては、どちらにも聞こえる声です。

ちなみに、カッコウの漢名である「郭公」は、平安時代以降、もっぱら「ほととぎす」と読まれ、やがてカッコウの方は、「閑古鳥（かんこどり）」と書かれるようになります。はやらない店を、「閑古鳥が鳴く」と表現することを思うと、その後も、侘しく感じる聞き方が受け継がれていったということでしょう。

同じ仲間のホトトギスやツツドリが森の中にいるのに比べ、カッコウは草原などの開けた場所によく出てくる鳥です。『万葉集』では、二首の長歌に、三笠山[5]の容鳥が詠われています。

枝などにとまって、両方の羽を下げ、尾をぴょこんと上げる独特のポーズで鳴くカッコウ。こんな姿を、万葉の人々はどう思って眺めたのでしょう。

とはいえ、やはりひっかかってくるのが季節。カッコウは、五月頃に渡ってくるのです。ところが容鳥は、春の鳥ということになっています。中には、桜の花の木陰に隠れて鳴くと詠んでいる歌さえあるのです。歳時記でも、この流れを受け継いで、春の季語とされています。

この矛盾点が解決しない限り、容鳥も謎の鳥のままなのでしょう。

5 奈良市東部、春日大社の後方にある山。

比米【ひめ】

『万葉集』には、一首だけ「ひめ」という鳥が出てきます。「斑鳩（いかるが）」の項（78ページ）で紹介した長歌（『万葉集』三二三九）で、イカルといっしょに詠われている鳥です。

この「ひめ」は、シメのことだろうというのが、今では通説のようになっています。とはいえ、いくつか疑問点もあるのです。

シメは、普通は秋に渡って来て、春に帰っていく冬鳥。歳時記では、秋の季語になっています。ところが、『万葉集』のこの歌では初夏に咲く橘の花といっしょに詠まれているのです。橘の花がよほど早く咲いて、シメの渡りが遅れた時の歌だったのでしょうか。

ところで、『和名類聚抄』では、「ひめ」と「しめ（之女）」、どちらも見出しとしてあげられ、別の鳥扱いになっています。「ひめ」には「鴲」という漢字が当てられ、「白喙（くちばし）鳥なり」と解説があります。「しめ」の

スズメ目・アトリ科

シメ

◆**全長**：18㎝(スズメより大きい)
◆漂鳥または冬鳥

▶秋の季語。太く大きなくちばしが印象的。淡いピンク色だが、繁殖期は灰色に変わる。

方は「鵤」という漢字が当てられ、「小青雀なり」という説明が記されているのです。

「青雀」は、イカルをさす漢語だといいます。とすると、「小青雀」とされる「しめ」の方は、イカルよりひとまわり小さいコイカル（小斑鳩）をさすのでしょうか。

ちなみに「ひめ」の語源は、イカルよりも小さいのでかわいらしいという意味で、「姫（ひめ）」と呼ぶようになったといわれます。それなら、コイカルを「ひめ」とする方が自然な気がします。

一方、シメは目つきがいかつく、何となくおじさんっぽい顔つきで、「姫」というイメージからは遠いようです。

イカルもコイカルもシメも同じ仲間の鳥で、太いくちばしで木の実を食べることや、ぽってりしたシルエットなど、共通点はたくさんあります。特にコイカルとシメは、同じくらいの大きさで、コイカルのメスとシメはよく似ています。もしかしたら、混同されてしまったのかもしれません。

これらを総合すると、「ひめ」はコイカルだとした方がふさわしいような気がするのですが、じつはコイカルも、シメと同じ冬鳥なのです。あれこれ考えれば考えるほど、わからなくなってきます。やっぱり謎の鳥ですね。

真鳥【まとり】

「真鳥」つまり、真(しん)の鳥と聞いて、みなさんならどんな鳥を思い浮かべるでしょうか。

真鳥にも、ワシ、ウ、マガモ、キジ、ツル、フクロウなど、さまざまな説がありますが、現在では、ワシだという説が最も有力です。『万葉集』に収録されている真鳥の歌は二首。いずれも、卯名手(うなて)の杜(もり)[1]に住んでいると詠われています。

1 奈良県橿原(かしはら)市の雲梯(うなて)神社(現在の河俣(かわまた)神社)といわれる。

思はぬを　思ふといはば
真鳥住む　卯名手の杜の　神し知らさむ

——作者未詳『万葉集』巻第十二・三一〇〇

訳　思ってもいないのに、思っていると言うと、
真鳥の住んでいる卯名手の杜の神から思い知らされますよ。

卯名手の杜に住む、まるで神の使いのような鳥……。たしかにワシがふさわしいように思えます。

とはいえ、ワシは、タカ科の鳥の中でも大型の種をさす呼び名で、単にワシという鳥はいません。とすると、いったいどのワシなのでしょう。卯名手の杜に住むというからには、渡ってくる鳥ではなく、ずっといる鳥だと思われます。

ワシとつく鳥のうち、最も大きいのはオオワシ（大鷲）です。とはいえ北海道でさえ、冬鳥として飛来するのですから、これは違うでしょう。

タカ目・タカ科

クマタカ

◆**全長**：オス78～86㎝、メス85～95㎝（カラスよりずっと大きい）
◆留鳥

▶冬の季語。かつては、鷹狩りにも用いられた。絶滅危惧IB類、希少鳥獣。

オオワシに次いで大きなオジロワシ（尾白鷲）は、北海道では一年中見られますが、本州以南では冬鳥となります。

昔は、ワシといえばイヌワシ（犬鷲・狗鷲）をさしたそうです。では、イヌワシでしょうか。ところがイヌワシは、急峻な山の斜面や草原など、開けた場所で狩りをするワシ。断崖絶壁で営巣することが知られています。とすると、奈良盆地にあったとされる卯名手の杜にいたのかどうか、疑わしくなってきます。

そこで浮上するのが、クマタカ（熊鷹）です。熊のように大きなタカということで、この名がついたともいわれます。イヌワシより少し小さいとはいえ、翼はイヌワシよりも幅広く、たっぷりとしていて、飛んでいる時の風格は、イヌワシ以上かもしれません。森の王者とも呼ばれるクマタカ。昔の人がワシと呼んでも不思議はないでしょう。

クマタカは、深い森に生息します。そして、大木の上に巣を作るそうです。

神様がいると信じられていた時代。当時は、人が手をつけない豊かな森が、各地にあったことでしょう。そこには、きっとクマタカが住んでいたのではないでしょうか。今では、そんな森の多くが失われ、クマタカも激減し、絶滅が危惧されている状況です。

「神様に思い知らされますよ……」

そんな万葉人の声が、どこからか聞こえてきそうです。

菅鳥【すがとり】

『万葉集』に一首だけ詠まれている「菅鳥」も、諸説ある鳥です。

白真弓(しらまゆみ)[2]　斐太(ひだ)[3]の細江[4]の　菅鳥の
妹(いも)に恋ふれか　眠(い)を寝かねつる

——作者未詳『万葉集』巻第十二・三〇九二

2 斐太にかかる枕詞。理由は不明。

3 奈良県の地名だという説、岐阜県飛騨のことだという説などあるが、不明。

4 細長い入江のこと。

訳　妻太の細江の菅鳥のように、彼女に恋をしているからかなぁ。
眠れないよ。

菅鳥というからには、菅[5]がたくさん生えているところにいる鳥だと考えるのが普通ですね。

ところが、賀茂真淵[6]などは、「菅」は「管」の書き間違いで、ツツドリ（239ページ）ではないかといっています。

ほかに、『類聚名義抄』[7]に「鴽、アマトリ[8]、スガドリ、菅鳥、家ハト」とあることから、アマツバメ説、ハト説まであります。

とはいえ、『万葉集』の歌から察すると、おそらく水鳥で、夫婦仲がよい鳥なのでしょう。

菅鳥を詠んだ歌は、『夫木和歌抄』にも残っています。

いづかたも　同じ浮き寝を
なにとかは　浦渡り[9]する　さよの菅鳥

5 「すげ」ともいう。カヤツリグサ科スゲ属の植物の総称。

6 江戸時代中期の国学者・歌人。

7 平安時代末期の漢和辞書。編者未詳。

8 アマツバメ（雨燕）の古名といわれる。

9 入江を渡ること。

——祐盛法師『夫木和歌抄』巻第十七・七〇四三

訳　どこへ行っても同じ浮き寝をしなければならないのに、
どうして入江を渡って行くのだろう。夜の菅鳥よ。

浮き寝をし、夜に浦渡りをする鳥ということも併せて考えると、オシドリ（170ページ）説が有力のようです。ただし、これらの条件は、ほかのカモ類やツルの仲間などにも当てはまりそうです。そういえば、菅の生えている水辺にいる鳥の総称という説もあります。

でも、菅鳥に限らず、謎の鳥を推理していくのは楽しいものです。お気に入りの和歌を口ずさみながら、自分自身の謎の鳥を探して歩くのもいいかもしれませんね。

索引

鳥名

太字は主な解説ページ。

古典文献

『万葉集』は除く。

人名

山下景子（やました・けいこ）

兵庫県神戸市生まれ。武庫川女子短期大学国文科卒業後、作詞家を目指し、「北海道・北賛歌コンクール」「愛知・名古屋マイソング」で最優秀曲など、数々の賞を受賞する。初めての著書『美人の日本語』（幻冬舎）は26万部を超えるベストセラーに。他に『花の日本語』『ほめことば練習帳』（幻冬舎）、『しあわせの言の葉』（宝島社）、『日本人の心を伝える思いやりの日本語』（青春出版社）、『大切な人に使いたい美しい日本語』（大和書房）、『手紙にそえる季節の言葉365日』（朝日新聞出版）などがある。

ブックデザイン
いわながさとこ

イラスト
三宅瑠人

編集
友成響子

DTP
山元美乃

校正
ヴェリタ

プリンティングディレクション
江澤友幸（大日本印刷）

万葉の鳥

和歌を通して鳥を愛でる　鳥を知って和歌を味わう

2021年9月11日　発行　　NDC911

著　者　山下景子
発 行 者　小川雄一
発 行 所　株式会社 誠文堂新光社
〒113-0033　東京都文京区本郷3-3-11
電話03-5800-5780
https://www.seibundo-shinkosha.net/
印刷・製本　大日本印刷 株式会社

ISBN978-4-416-61997-1